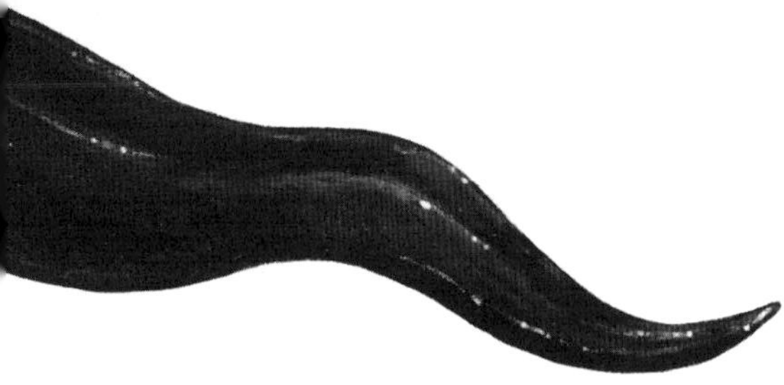

The Beast and the Bethany

怪獸與貝瑟妮

傑克．梅吉特－菲利普斯 著　謝靜雯 譯

JACK MEGGITT-PHILLIPS

推薦序

對比與互補——讀《怪獸與貝瑟妮》

文／青少年小說研究專家張子樟

《怪獸與貝瑟妮》組合了歡笑、悲傷、邪惡與光明。它既黑暗又可怕，有時甚至殘酷，但卻迷人、精采、有創意！它是一個美妙的黑色故事，充滿樂趣但也充滿愛心，故事的對話和人物都很精采。

內容講述虛榮男子艾比尼瑟和頑皮女孩貝瑟妮相遇，兩人各有缺點，看起來像是已經無法拯救。然而，作者卻帶著讀者踏上他們拯救彼此的旅程。

故事開始時，人們會認為艾比尼瑟這位有趣的化石型年輕老人（五百一

十一歲）只不過是怪獸的跑腿。他出賣靈魂，在浮士德式的逆齡契約中，造成周遭的一系列災難。孤獨的艾比尼瑟浮誇、自我放縱——喜歡從怪獸那裡得到他不需要的東西，向人炫耀，並且願意付出任何代價來讓自己看起來永遠年輕。

孤兒貝瑟妮外表乖戾、喜愛對抗，過著垃圾般的生活。她對待別人就像世界對待她一樣，她從未從周圍的人身上得到關注——這就是她令人討厭的行為的來源。她非常聰明，知道如何欺騙和操縱人們。她很愛說話、調皮，而且有點恐怖。她以讓別人的生活變得悲慘為樂，並且總是在任何談話中迅速反擊。儘管如此，作者的生花妙筆卻將這兩個人轉變為讀者所支持的人。

艾比尼瑟與貝瑟妮一齊度過了同情心和內疚感等情感旅程。艾比尼瑟為貝瑟妮做好事時，向她表示一些禮貌，並且不經意的表現得像個朋友。這對貝瑟妮來說意義重大，她也做出了同樣的回應。身為孤兒，貝瑟妮善於將自己的感情埋藏在不良行為和蠕動之下。她逐漸從「陷入困境」發展到偶爾說「對不起」。她並不完美，但勇於表達自己的想法，並拉著艾比尼瑟一起追求更好。這些都是「施與受」正確觀念的延伸。

幽默和機智讓這個令人不安的故事變得非常有趣。文本中甚至還嵌入了一兩個不錯的小道德寓意，但以一種讓讀者可以忽略它們的傳達方式，這樣讀者就可以專注於貝瑟妮為不被怪獸吃掉而做出的努力。這些道德寓意滲透到讀者的潛意識中。

作者寫作風格巧妙、詼諧、迷人，描述極富想像力，人物塑造精采，艾比尼瑟古怪而時髦，而貝瑟妮則活潑而暴躁。兩者都有缺陷，但讀者會忍不住喜歡他們，並且高興看到角色的情感在書中如何成長，以及他們的關係如何發展。

隨著故事的深入演化，他們彼此的行為逐漸改變，內在騷動和情感也都被揭露出來。這兩個固執己見的人起初看起來如此可憎，但他們的生活和思想卻遠比乍看之下所描繪的要好多了。他們看見對方的缺點，為了彼此的幸福而改變自己的生活方式。貝瑟妮本質上是個悲慘的惡作劇者，但選擇盡量減少給艾比尼瑟造成麻煩；而艾比尼瑟是一個自私、無情的人，但選擇對貝瑟尼表示同情。

兩個令人厭惡的人走到一起時，具有內在調適的能力，可以在沒有任何明確意圖的情況下，展現出更好的部分——這些部分一直處於休眠狀態，隱藏在內心深處。這點證明了人不能缺少良心，它永遠存在，只是有時被陰暗面掩蓋。作者透過這篇故事，傳達了即使是長輩也常常難以認識或理解的深刻信息，令人讚賞。

推薦序

「夢想」與「不完美」之間的抉擇

文／親職專欄作家陳安儀

《怪獸與貝瑟妮》與其說是一本奇幻小說，不如說它更像是一部「長篇寓言」。

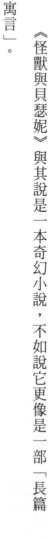

五百一十一歲的男主角艾比尼瑟，擁有俊美的外型和不老的青春，過著富裕而無憂無慮的生活，這是每個平凡人心目中的「夢想」。

然而，為了追求嚮往的「夢想」，人們往往需要付出許多代價：日復一日做著並不喜歡的工作；完成不情願接受的任務；違背良心、犧牲所愛；還要忍受無止境的孤獨。

艾比尼瑟有一個不為人知的祕密：他在頂樓養了一隻怪獸。怪獸原來體型並不大、吃的也並不多，但是隨著牠越長越大，牠的要求越來越多，也越來越殘忍，讓艾比尼瑟漸漸無法招架。但是怪獸會提供艾比尼瑟長生不老的藥水，讓他青春永駐，並且提供他的日常所需，甚至是一些奢侈品，讓艾比尼瑟無法離開牠的供養。

這隻怪獸，其實就是「欲望」。

人類所有的欲望，一開始都不大，只求溫飽。然而，飽暖則思淫慾；有了錢就要名，有了名又要權。雖然「滿足欲望」的過程可能是人類追求進步的動力，但是無窮的欲望卻也會造成問題。當欲望凌駕一切，貪婪泯滅了良知，便會帶來戰爭、死亡、痛苦與遺憾。

而故事裡的貝瑟妮，則是代表了「不完美」。一個嬌小瘦弱、調皮搗蛋、沒有禮貌、缺乏教養、愛唱反調、令人厭惡的孩子，當然是不完美的。然而，不完美是否就沒有存在的價值？相比那些乖巧可愛、聰明懂事的孩子，不完美的孩子就比較「適合」被選作怪獸的食物、犧牲掉就比較「不可惜」嗎？

人們習慣於追求完美。但是，這世界上有太多「不完美」的事物：不美味的菜餚、不好看的衣服、不值錢的房子、不夠快的車……是不是不完美就不值得保留？不值得喜愛？這也是一個我們值得深思的課題。

相反的，故事中的孤兒院院長則代表了「傳統與自大」。在堅守她認為的「淑女規矩教養」的同時，她自大的認為世界一切都該符合她的規矩、想像，結果最後卻被自己的「貪婪」——怪獸所吞噬。

然而，我們每一個人的人生其實都是在「夢想」與「不完美」之間拉扯，當艾比尼瑟與貝瑟妮逐漸因為相處、相知而相惜，在共同完成「桶子清單」的過程中，慢慢的建立情感。也就是說，我們的人生雖然不一定「完美」，「夢想」雖然不一定能達成，但生命卻會因為靠近而有了溫度：兩人互相扶持、彼此付出、產生關懷、不再孤單。

故事最後，艾比瑟尼不再長生不老，貝瑟妮依然沒有父母，但是在有限的生命當中，他們擁有了彼此。這何嘗不也是觀看故事的我們，這短暫的一生中，最重要、也最美妙的事？

1 紫鸚鵡

艾比尼瑟・杜威色是個糟糕透頂的人，卻過著美妙無比的人生。

他從沒餓過肚子，因為冰箱裡堆滿了食物。他從來不需要費力弄懂艱澀的詞彙，像是自詒伊戚或假道伐虢，因為他很少看書。

他的人生中沒有孩子或朋友，所以永遠不會因為刺耳的噪音或多餘的對話而覺得困擾。他也沒有派對或慶祝會可以參加，所以從來不必焦慮跟煩惱自己該穿什麼。

艾比尼瑟．杜威色甚至不用擔心死亡。在這個故事開場的時候，再一週就是他五百一十二歲生日，可是，如果你在街上碰巧遇到他，你會以為他是個年輕人——肯定不超過二十歲。

你可能也會覺得他相當俊美。他有一頭金色短髮、鼻子小巧、嘴巴柔軟，眼眸有如月光中的鑽石一樣燦亮。他也有種美妙的無辜神情。

令人悲傷的是，外貌有時會騙人。事情是這樣的，這個故事開場的時候，艾比尼瑟正要做一件很糟糕的事情。

艾比尼瑟最初做的只是走進一間鳥店。在收銀臺那裡，他耐著性子排在一個不耐煩的人後面。那個不耐煩的人是個瘦巴巴的嬌小女生，她背著背包，上頭貼了兩張貼紙：一張寫著「貝瑟妮」，另一張寫著「滾蛋！」

「我要寵物！」女孩對那個人高馬大、滿好相處的鳥店老闆說。

「你在找哪一種？」鳥店老闆回答。

BETHANY
BOG OFF!
OWL'S HARMONY

「青蛙！或是豹！或是北極熊！」

「你恐怕來錯地方了。北極熊和豹店在這條街更過去的地方，蛙市只有星期三才營業。我們只能幫你找小鳥，除此之外幫不上什麼忙。」鳥店老闆解釋。

女孩把手伸進背包，拉出一隻夾腳拖、啃一半的脆餅、兩枚貝殼、一根上頭寫著「傑佛瑞的財產」的尺。她將所有的東西全數鋪在櫃臺上。

「這堆東西可以換什麼樣的小鳥給我？」女孩問。

鳥店老闆若有所思瞅著那些物品，在腦袋裡計算一下。「如果你把那個背包加進來，我可以給你十條蟲。」他說。

女孩對這個提案非常滿意。她聳肩抖下背包，遞了過去。鳥店老闆從口袋裡撈出十條蟲，啪噠放進她手中。女孩衝過艾比尼瑟身邊，奔出了店外。

「剛剛很抱歉，杜威色先生，」鳥店老闆說，「有什麼能為你效勞的？」

「不要緊，」艾比尼瑟說，「我來拿那隻溫特羅島紫胸鸚鵡。」

鳥店老闆拿出那隻正在睡覺的鸚鵡時，艾比尼瑟並未一把搶走。他好整以暇等著鳥籠遞過來，甚至還待在店裡閒聊一會兒，即使他不怎麼喜歡聊天。

「好了，要記得，這種鳥很特別，」鳥店老闆說，「全世界只剩二十隻，你該不是那種會糊塗到把牠搞丟的人吧？」

「不會的。」艾比尼瑟回答，在站定的地方挪挪腳步。

「這種鳥現在沒剩多少，我花了好長時間才找到一隻，不是每家鳥店都能替你找到會講話又會唱歌的鸚鵡，尤其是能唱人類歌曲，而不只是啷啷啾啾的那些。這種鳥喜歡有聽眾，你不是那種會想要獨享，把牠藏起來的人吧？」鳥店老闆問。

「我不會那樣的。」艾比尼瑟說。在鳥店老闆的凝視之下，他覺得好不自在。

「這種鳥需要很多照顧和關注。牠們需要愛。你不會虧待牠吧？」鳥店老闆問。

「當然不會！」艾比尼瑟回答，聲音高亢顫抖。

鳥店老闆熟知並深愛他經手的每隻小鳥，從水棲葦鶯到黃腿海鷗，他不想看到牠們任何一隻落到不好的人家去。

他用力的盯著艾比尼瑟好一會。

「我很清楚你是哪種人。」鳥店老闆盯著他一、兩秒之後說。

艾比尼瑟嚥嚥口水。

「你是個很棒的鳥主人！」鳥店老闆說，「我從你臉上就看得出來！」

艾比尼瑟漾起微笑，如釋重負，將錢遞過去。他付的錢超過原本談好的價格，以便感謝鳥店老闆的辛勞。

艾比尼瑟道了再見，帶著在籠子裡睡覺的鸚鵡離開。他爬進車裡，開回家去，路程很短。他停車的時候，鸚鵡打了個大哈欠醒過來。

「早安！」鸚鵡說，音質很不像鸚鵡，嗓音低沉圓潤。

「都快傍晚了。」艾比尼瑟說。

「哎呀！唔，那麼祝你傍晚安好。我叫派崔克。」

「我叫杜威色先生，歡迎來到你的新家。」

「哇啊，天啊！」派崔克驚呼。

「哇啊」和「天啊」都是正確的反應，因為艾比尼瑟的房子可是絕世珍品。有十五層樓高，十二頭大象寬，房子立面漆成紅色，庭院大得可以同時舉辦十二場不同的茶會。

派崔克從籠子抬起頭，興奮得不得了。這隻鸚鵡閱歷豐富，足跡行遍天下，在好幾個國家巡迴演唱過，但從未見過這樣的房子。牠想要飛遍這棟房子的每個區域，將一切盡收眼底。

「我現在可以出籠子了嗎？」牠問。

「還不行。」艾比尼瑟回答，「我希望你先見見某個人。唔，也許說某個『東西』更貼切。」

艾比尼瑟下了車，將派崔克帶進屋裡。他登上階梯，用籠子提著派崔克。

「這個東西住頂樓，」艾比尼瑟說，「牠迫不及待想見見你。」

艾比尼瑟登上階梯，派崔克則忙著觀賞四周的景象。往上走十五段階梯的旅程匆匆過去，派崔克東張西望，看著沿牆擺放的美麗畫作和古董。

「盡量不要害怕，」一到頂樓的時候，艾比尼瑟說，「如果你害怕，牠就不會喜歡你。」

頂樓那扇老門搖搖欲墜，艾比尼瑟壓下門把，門嘎吱一聲打開來。

他按下電燈開關。這個房間跟這棟房子其他部分都不同，不只空氣潮溼，還瀰漫著濃濃的水煮包心菜味。除了房間盡頭有一組紅絲絨布簾以及一枚金色小鈴鐺，整個房間光禿禿的。

艾比尼瑟走到布簾那裡，頓了頓之後拉開。

「不要大喊也不要尖叫，牠不喜歡那類的噪音。」他警告派崔克。

艾比尼瑟拉開簾子之後，迎面即是怪獸的身影。怪獸是一大團灰色東西，有三顆黑色眼睛、兩根黑色舌頭和一張流涎的大嘴，雙手和雙腳很迷你。

看到派崔克的反應很鎮定，艾比尼瑟相當滿意。牠沒尖叫，也沒大喊：「哎喲，噁心！」

派崔克花了片刻平定心神之後，說：「早安！我叫派崔克。」

「都傍晚了，」怪獸的嗓音柔軟滑溜，有如羽毛做成的蛇。「我希望你

唱首歌來聽聽。」

「你想要我唱什麼？」派崔克問。

「唱首關於我的歌！」怪獸要求。

派崔克停頓片刻之後唱了起來：

「怪獸擁有這片土地上最精美的宅邸。

這棟房子高聳寬闊，氣派無比。

連宮殿那麼寬敞的女王，

即使想試，也無法跟怪獸較量。」

艾比尼瑟頗為折服。曲調悠揚動聽，歌詞似乎逗得怪獸相當開心。

「怪獸有張臉，實用又滾圓。
有三隻眼失物必定能尋回。
兩根舌頭凡是找到的東西都能舔，
怪獸顯然就是天下無雙。」

派崔克不再唱歌，說牠很抱歉這首歌這麼短，說等牠更認識怪獸，就可以唱長一點的曲子。

看到怪獸綻放笑容，艾比尼瑟發出如釋重負的嘆息。那抹笑容溼答答的，流著口水。

「真動聽。告訴我，還有很多像你這樣的小鳥嗎？」怪獸問。

「喔，天啊。不，全世界只剩我們二十隻了。」派崔克的雙眼噙滿紫色淚水。牠想將自己從悲傷的情緒轉移開來，於是問：「像你這樣的怪獸又有多少頭呢？」

「我是唯一的一個，最後的倖存者，」怪獸面帶微笑說，「你很稀有，這是好事。我喜歡稀有的東西。再靠近點，好讓我把你看得更清楚，小鳥。」

怪獸滿懷期待瞅著艾比尼瑟。艾比尼瑟提起鳥籠，把派崔克朝怪獸三隻眨巴眨巴的黑眼睛湊得更近。

「再近點。」怪獸下令。

艾比尼瑟將籠子往前拖，跟怪獸只剩三步距離。

「更近點。」怪獸說。

艾比尼瑟把籠子拿過去，就在怪獸滴著口水的大嘴前方，水煮包心菜的氣味現在濃得令眼睛出水。

「你現在看得到我了嗎？」派崔克問，有點緊張。

「喔，我一直都看得很清楚啊。」怪獸說，用兩根黑舌頭舔了舔滴著口水的嘴。

「那麼……你為什麼需要我湊得更近？」派崔克問。

這是牠生前提出的最後一個問題。

2 不尋常的要求

美妙無比的人生有可能把人變得糟糕透頂。它會讓你忘記世界上有問題纏身的人，而且會讓你變得不再關心或擔憂其他人。

所以你可以了解，艾比尼瑟・杜威色是如何變成了世界上最自私的人之一。順風順水過了將近五百一十二年，艾比尼瑟不曾體會痛苦或悲傷。

他發現很難想像這些事情給人的感覺，所以把派崔克餵給怪獸吃，他並不覺得有什麼好愧疚的。他覺得，永遠無法再聽到派崔克唱歌，固然是滿可惜的，但他沒浪費時間思考，對那隻可憐的小鸚鵡來說，這種經歷有多可怕。

反之，艾比尼瑟走下樓——總共有十五段階梯，然後打開了眾多冰箱的一個，開始替自己製作牛肉芥末三明治。

這麵包由最優質的種子製成，取自喜馬拉雅山山巔。牛肉和奶油來自朵麗，一頭迷人的威爾斯乳牛，連續三年贏得「世上最可愛的乳房」獎。同時，芥末則用昂貴的白酒和罕見的黑松露做成。

這三明治保證美味，不過，艾比尼瑟還來不及咬下一口，怪獸就搖響了牠的鈴。艾比尼瑟猶豫再三，放下三明治，回頭往樓上走去。

怪獸待在瀰漫包心菜氣味的潮溼房間裡等待，牠正在對自己哼歌——派崔克唱過的那首歌。

艾比尼瑟走進房裡的時候，怪獸開心的又打了個嗝，一陣紫色羽毛跟著噴出來。

「晚安。」艾比尼瑟說，禮貌的點個頭。

「晚安，艾比尼瑟！今天晚上真美好，你不覺得嗎？」怪獸問。

艾比尼瑟滿腦子都是自己的三明治，以及多麼期待吃下它。他沒怎麼去想這個晚上的事，以及是否很美好。

「我說今天晚上很美好，艾比尼瑟，」怪獸用滑溜的嗓音說，「你也有同感嗎？」

「喔，是的，這是很芥末的晚上。」艾比尼瑟回答。

「芥末！你說很芥末是什麼意思？」

「抱歉，我不知道自己怎麼了。我想說的不是芥末，我想說的是……是……」

「無所謂，艾比尼瑟，」怪獸氣惱的說，「重點是這個晚上很美好。真的很美好！」

「是的，當然了。」

房間靜寂片刻。艾比尼瑟餓得不知道該說什麼，怪獸則準備決定自己心情是好是壞。片刻之後，牠做了決定。

「喔，我沒辦法繼續生你的氣，艾比尼瑟。尤其在你提供了這麼美味的晚餐之後。」怪獸說。

「很高興你喜歡。」艾比尼瑟說。

「能夠吃有個性的東西真好，」怪獸說，「籠子的鏽味也是不錯的點綴。」

「整體風味聽起來很『獨特』。」艾比尼瑟說。

「確實。現在你想要什麼獎賞？」

這就是事情運作的方式。艾比尼瑟會帶各式各樣的東西給怪獸吃，怪獸則提供禮物作為回饋——鑽石枝狀吊燈、巫婆的掃帚、巨型泰迪熊，沒有東西是怪獸無法替艾比尼瑟變出來的。

「我想要一架鋼琴，」艾比尼瑟說，「然後麻煩給我寶寶平臺鋼琴——又小又漂亮的那種——這樣我就能扛著下樓。理想上會漸漸長大，最後成為氣派的大人平臺鋼琴。」

「喲，喲，喲，艾比尼瑟，真沒想到有這麼一天，我會目睹你對音樂產生這麼大的興趣。你想配上幾本鋼琴課本嗎？」

「天啊，不用！」艾比尼瑟說，這個提議讓他反胃，「我並沒有要彈琴

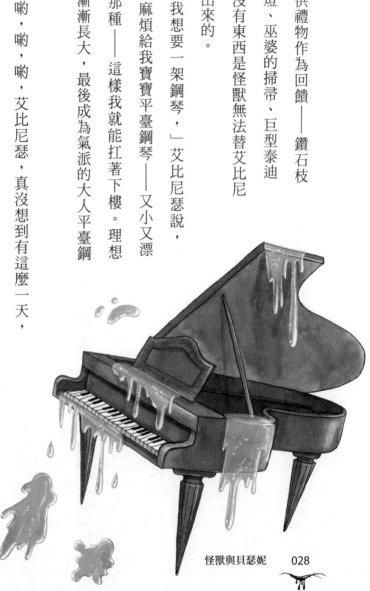

的打算，只是想放在前側客廳，讓鄰居都看到。」

「你真是一個怪人，」怪獸說，「不過，我會滿足你的願望。」

怪獸合上三隻黑眼，閉起流涎的嘴巴，開始扭動那團身體，左右搖晃，一面發出低沉的嗡鳴。

然後，突然間，怪獸再次張開眼睛，停止扭動，將嘴巴咧到最開，吐出了一架寶寶平臺鋼琴。

鋼琴沾了口水，而且黏乎乎的，可是除此之外完美無缺，正好是艾比尼瑟想要的大小，而且絕對漂亮到足以讓鄰居心生嫉妒。

「非常謝謝。」艾比尼瑟說。他扛起鋼琴，大步走向門口，接著轉過身來，「喔，我差點忘了，我還需要跟你討另一樣東西。」

「是什麼呢？」怪獸問。

「生日禮物。」艾比尼瑟回答，「星期六就是我五百一十二歲生日，我已經感覺到皺紋開始回到臉上。我會需要再一瓶逆齡藥水，麻煩了。」

「完全沒問題，艾比尼瑟，我很高興能幫忙。」

怪獸合上三隻眼睛，扭動起來，不過接著又停了下來。

「一切還好嗎？」艾比尼瑟問。

「一切好極了！」怪獸回答，「可是我決定請你替我做件事，在我給你今年的藥水以前，我要你再帶一餐來給我。」

艾比尼瑟嘆口氣。他真希望自己要求寶寶平臺鋼琴以前先討了藥水。

「我可能沒辦法再給你一隻溫特羅島紫胸鸚鵡。」艾比尼瑟警告，「現在全世界只剩十九隻了。」

「我不想要再來一隻，所以沒必要擔心，」怪獸說，「我已經知道自己想要什麼了，是我之前從未試過的東西。」

艾比尼瑟發現自己很難相信這點，因為他帶過形形色色的東西給怪獸吃過。單是上個月，怪獸已經大啖了七條珍珠項鍊、一座古董五斗櫃、兩個蜂巢、一座中等大小的溫斯頓．邱吉爾雕像。

「是什麼罕見的東西嗎？」艾比尼瑟問。

「並不罕見，可是很少有人去吃。」怪獸回答，「很吵，有各種形狀和大小，而且全世界的每個國家都找得到。」

艾比尼瑟思索了片刻，吃力的思考那個吵雜又常見的東西會是什麼，他向來不大會猜怪獸提供的線索。

「是某種喇叭嗎？」他問。

「不是。」怪獸發出一聲滑溜的輕笑，「我對喇叭嚴重過敏，要是吃了，我可就完蛋了。」

「是貴賓狗嗎？你想要我再去一次小狗收容所？」艾比尼瑟提議。

「不、不、不。」怪獸說，又笑了起來，「不是東西，也不是動物。」

艾比尼瑟想破了腦袋也想不到。他還以為「喇叭」和「貴賓狗」都猜得很巧妙。

「讓我解除你的憂慮吧！」怪獸說，「我接下來想吃的是……小孩。」

怪獸臉上緩緩綻開歡喜且垂涎的笑容，看著艾比尼瑟逐漸明白提議的內容。

「抱歉，我想我聽錯了。」艾比尼瑟說。

「我說我想要吃小孩！」怪獸聲音渾厚，「我想知道小孩的滋味。我想要豐滿多汁的小孩。我想要咬下去的時候噴汁溼軟，然後一口吞掉。」

艾比尼瑟緊張的挪動腳步，他懷疑怪獸還沒講完。

確實還沒。

「我想知道流鼻涕的鼻子滋味，」牠發出夢幻般的嘆息，「還有胖嘟嘟的臉頰、髒兮兮的指甲、藏滿蝨子的頭髮！」

怪獸興奮得氣喘吁吁，渾身是汗。牠望著艾比尼瑟，眼裡帶著狂烈的飢餓和精力。接著，牠用輕柔得多的語氣問：

「所以，你想什麼時候可以帶一個來給我？」

3 激烈的對話

「你不能吃小孩！」艾比尼瑟說。

怪獸臉上的笑容頓時褪去，轉眼換成了猙獰的怒容。

「為什麼不行？」怪獸問，「之前不管我想要什麼，你都會帶來給我，為什麼這一次拒絕了？」

「因為這樣不對！」艾比尼瑟說，「你不能到處吃小孩，那種事感覺非常失禮。」

「失禮？你剛剛說失禮？」怪獸問，「你把溫特羅島紫胸鸚鵡帶來給我時，不覺得失禮。四百年前，我要你把世上最後一隻渡渡鳥抓來給我，你也不覺得失禮啊。」

「可是那不一樣！」艾比尼瑟說，「動物跟小孩不一樣。」

「這樣想很蠢！」怪獸說。

「不，才不蠢。抱歉，我就是不願意。」艾比尼瑟說。五百多年來，這是他頭一次挺身對抗怪獸。

怪獸沒露出一絲失望的神情。事實上，牠看起來平靜得不得了。

「如果那是你的感受，艾比尼瑟，我也無計可施，」怪獸說，「謝謝你這麼坦誠。」

「唔……還好啦……不要緊。」艾比尼瑟說，「抱歉沒辦法幫更多忙。」

艾比尼瑟走向門口，想到自己竟然對怪獸說了「不」，令他歡喜又詫異。正要轉動門把時，怪獸再次開口。

「喔，對了，艾比尼瑟，我希望你會享受衰老，」怪獸說，「我真心希望你會喜歡身上有皺紋，享受爬樓梯上來關節的疼痛。」

「什麼意思？」艾比尼瑟問。

「我的意思就是剛才說的那樣，」怪獸說，「我的意思就是，我希望當身體老化讓你的骨頭變得虛弱，在你那張美麗臉龐上刻下紋路時，你會覺得開心。」

「那些狀況都不會發生，」艾比尼瑟說，「藥水會阻止那些事情，就跟平常一樣，不是嗎？」

「喔，我確定會的，親愛的小子。可是你要從哪裡弄到藥水呢？」怪獸問，「你休想從我這裡拿到，除非你把我想要的帶來給我。」

「可是——」

「沒有可是。」怪獸說，「你最晚星期六就需要藥水，而我想在那之前吃個小孩。帶一個來給我，你就能繼續過長壽幸福的人生。」

「如果我不這麼做呢？」

「那你必死無疑，艾比尼瑟。沒有藥水，你的身體會不敵老化，最後成為一堆枯骨。我會很難過的。」

艾比尼瑟忖度，自己是否真的那麼在乎小孩？他並非真的想要餵一個小孩給怪獸吃，可是也不認為任何一個小孩的價值超過他自己的生命。

「你確定我不能拿別的東西給你吃？」艾比尼瑟問。

「我只想要小孩。」怪獸回答。

「唔，那麼，」艾比尼瑟說，「我來想想。」

沒花多少時間。

「想完了，我想那是個很妙的構想。沒理由你不該吃個小孩，」艾比尼瑟說，「你介意嘔個棕色的大袋子給我嗎？理想大小最好跟我上次到南極打獵時，你給我的那個一樣。」

怪獸發出嗡鳴，扭動身子，嘔出了一個皇帝企鵝大小的堅固提袋。艾比尼瑟衝下樓，帶著袋子跳上車。

他直接開到動物園去，在車流中按著喇叭東鑽西竄，就像暴躁的學步兒那樣沒耐性。他在休園前的十分鐘，趕到了售票口。

「成人還是小孩？」售票口的老婦啞著嗓子問。她身形嬌小，皮膚乾燥脫皮，看起來更適合歸在蜥蜴區。

「我想要小孩，拜託。」艾比尼瑟說，上氣不接下氣。

蜥蜴女士仔細瞅著艾比尼瑟，質問似的挑起稀薄的眉毛。

「我是說，成人票，因為我是成人。」艾比尼瑟連忙改口，放下了幾枚銅板，「你可能會很訝異吧，要是知道我其實已經五百一十一……」

蜥蜴女士毫不在乎，她一把抓走那些錢，讓艾比尼瑟和他的袋子穿過查票口。

可是艾比尼瑟沒把心思放在這上頭。他忙著恭賀自己。

他知道動物園會有小孩，他曾經為了餵食怪獸，來這裡綁架一隻孔雀，那時就看過幾個小孩，可是他不知道會有這麼多。這地方簡直就是吃到飽式的餐廳，鼻涕、頭蝨、小小指甲無限量供應。

艾比尼瑟走近一個皺著眉頭的女孩，她就站在大象區附近。他打開大大的棕色提袋，邀請她跳進去。

「來吧，」女孩拒絕配合的時候，艾比尼瑟說，「我可沒有整天的閒工夫。」

「爹地！爹地！有陌生人！」女孩大喊。

轉眼，男人（一樣皺著眉頭）大步走向艾比尼瑟。他喊了十二個粗魯的字眼，發出兩個凶惡的威脅，帶著女兒離開。

艾比尼瑟聳聳肩，然後對另一個孩子試了他的提袋花招。

然後又一個。

然後再兩個。

每次當他找到孩子，就會有個該死的家長在附近徘徊。他們看到艾比尼瑟企圖將自家孩子塞進提袋，幾乎所有人都對他惡言相向。

不久，越來越多人向園方客訴，當艾比尼瑟被蜥蜴女士帶來的警衛拖回他自己的車上，並從動物園長那裡接到終身禁止入園的通知時，他終於接受自己必須另想計策。

艾比尼瑟想到的計策是糖果店。每次艾比尼瑟去當地的糖果店時，那裡總是擠滿了貪婪的小孩，手指黏答答，嘴巴髒兮兮。有些孩子單獨行動，沒有家長陪伴。唯一可能阻撓艾比尼瑟

的成人就是糖果店那位具有實驗精神的古怪老闆——麻朵小姐。煩人的是，她似乎令所有的孩子迷得團團轉。

為了克服這個問題，艾比尼瑟決定擺設自己的糖果攤。他要怪獸嘔出布條，上頭寫著「艾比尼瑟．杜威色先生的甜點宮殿」，然後在街上架起一張桌子，擺滿各種可口的甜點。他在上頭撒了安眠藥粉，到時就可以輕易將孩子運送到怪獸的閣樓。不久之後，艾比尼瑟的頭一位顧客上門了。他是十二歲的艾杜瓦多．柏納克，他擁有全世界第三大的一對鼻孔，大到可以容納小顆的柳橙。

「喲、喲、喲，這裡有什麼？」艾杜瓦多問。他彎身伏在艾比尼瑟的桌子上，對著販售中的每樣甜點都深深吸了口氣。

「我們有各式各樣的甘草糖、甘草糖捲、草莓零嘴、果子脆糖、香蕉巧克力，應有盡有。」

艾杜瓦多．柏納克再次嗅了嗅，鼻孔周圍隨之貪婪的漲大和縮小。

「這是我這陣子以來看到最強大的陣容，恭喜了，杜威色先生。」艾杜瓦多說。男孩對於自己模仿大人口吻，跟大人對話的能力，抱持著古怪的自信。「如

果我每樣各買一個，要多少錢呢？」

「兩百五十三鎊六十二便士[1]。」艾比尼瑟答得有點太快。他並不習慣處理金錢，因為他通常仰賴怪獸，所以其實不大清楚東西的價格。

艾杜瓦多悲傷的左右搖搖鼻孔（以及腦袋其他部分），然後從艾比尼瑟．杜威色先生的甜點宮殿走開。艾比尼瑟追了上去。

「抱歉，抱歉。我弄錯了。我是想說八十五鎊又九十四便士，很划算吧！」他說。

艾杜瓦多依然越走越遠，於是艾比尼瑟說甜點大放送，然後又改口說他願意付錢請艾杜瓦多吃。

「你要給我多少錢？」艾杜瓦多問。

「七百四十六英鎊？」艾比尼瑟提議。

「欸，看來你的甜點不會好到哪裡去。祝今天愉快，杜威色先生。」

艾杜瓦多大步走回家，鼻孔高高仰向空中，說什麼都不肯回來。艾比尼瑟回到桌子後面的位置，啃了個甘草捲，然後忖度是否應該繼續待在戶外。結果他旋即睡著，面朝下砰一聲倒在草莓零嘴上頭，來不及想到自己在甜點上撒了安眠藥粉。

七個小時後，正好趕上旭日東升，艾比尼瑟坐起身，因為在街上過了一夜，身體有點冷。他判定自己受夠了甜點店生意。

「一定有更簡單的方式！」他氣呼呼的自言自語。

這輩子頭一回，艾比尼瑟為了沒有自己的家庭而覺得傷心。如果可以把自己的一個孩子餵給怪獸，可以省下多少時間和精力啊。

1 目前一英鎊大約是三十八塊臺幣。

他回到屋裡，換了衣服，吃了點吐司抹松露，然後爬進車子裡。他直接開到那家鳥店，鳥店老闆正忙著餵長尾小鸚鵡吃早餐。

「早安。」艾比尼瑟說。

「啊，杜威色先生！」鳥店老闆說，「真高興見到你。我昨天晚上做了個關於派崔克的惡夢。我夢到牠尖叫著要我救牠，牠沒事吧？」

「牠昨天晚上有點不舒服，」艾比尼瑟說，「可是我想只是消化不良，現在都過去了。謝天謝地，牠今天完全沒發出尖叫聲。」

「喔，那就好，讓我大大鬆口氣，我本來好擔心啊！」鳥店老闆說，「所以有什麼需要我效勞的？你打算買個朋友跟那隻鸚鵡作伴嗎？」

「就某方面來說，算是吧。我想找個伴到派崔克的新家陪牠。」

「唔，我這裡可多了。我上星期進了些十姊妹，你想看看嗎？」

「我其實已經想好要什麼了，」艾比尼瑟說，「這個要求有點不尋常。

我在想，你是否有小孩子要賣？」

「你剛說『金絲雀』嗎？」

「不，我是說『小孩子』。我對尺寸不挑，而且我不在意是男生或女生。」

「好……」鳥店老闆迅速環顧了一下店面，「抱歉，小老弟，可是我想我們沒有。有可愛的小鳳頭鸚鵡，價格很公道，如果可行的話？還是要來一隻半月貓頭鷹？」

「不，謝謝，我只想要一個小孩。昨天來這邊的那個如何？我相信她名叫『滾蛋』？」

「昨天晚上以前我恐怕從沒見過她，而且也希望再也不會見到她。我後來發現那個背包破了好幾個地方，還有那塊餅乾也太溼軟了。」鳥店老闆搖著腦袋說。

「原來如此。」艾比尼瑟說，「看來我得去別的地方試試了。」

「等等。」鳥店老闆說，艾比尼瑟正要離開，「你為什麼想要一個孩子？」

「只是因為我需要他。我的生死存亡就仰仗他了。」艾比尼瑟說。

「啊，真甜蜜。我記得我和老婆在我們有小湯米以前，也有同樣的感覺。小孩是很美妙的東西。」鳥店老闆說。

「這個小湯米，你願意割愛嗎？你要多少錢我都願意付。」艾比尼瑟說。

「他不是用來賣的！」鳥店老闆說，「我太太會殺了我。」

唔，反正試試也無妨。艾比尼瑟暗想，又開始往店門口走去。他垂著肩膀，覺得自己很可憐。

「喂！」鳥店老闆說，「你不能就這樣放棄啊。」

「我真的不知道還能怎麼辦，」艾比尼瑟說，「動物園那裡有太多爸爸媽媽。」

「咦？」鳥店老闆皺起眉頭，「你沒試過孤兒院嗎？」

「孤什麼？」艾比尼瑟問。他從未聽過這個詞。

「是，你應該試試三條街之外的孤兒院。是菲佐維小姐在經營的。她身邊有幾十個小傢伙需要家。」

「可是家長呢？」艾比尼瑟問。

「那就是重點所在。這些孩子沒有父母。要不是過世，不然就是下落不明，或者不在他們身邊。」

艾比尼瑟很驚訝，他不知道人們會有這麼悲傷的人生。

「你想我在星期六以前能夠弄到一個小孩嗎？」他問鳥店老闆。

「看不出有何不可。」

「太好了，實在太好了！」艾比尼瑟打開皮夾，朝著鳥店老闆拋出一疊現金，謝謝他給了這麼優秀的建議。「你救了我一命！」

艾比尼瑟拔腿衝出店外，跳回自己的車上，他現在唯一需要做的就是找到那家孤兒院。

4 孩子菜單

那家孤兒院是一棟低矮醜陋的建築，窗戶裂開、油漆剝落。大門頂端有個生鏽的標誌，寫著「給紳士風度的男孩與淑女風範的女孩學院」。

艾比尼瑟看著那個地方，打起哆嗦，很震驚這裡竟然是給人住的。難怪孤兒院剩下那麼多小孩，這種地方哪有辦法吸引顧客上門啊！

艾比尼瑟走下車子時，這家孤兒院的院長菲佐維小姐迎上前來。她是個高䠷削瘦的女人，眉形嚴厲，頭頂上有一團糾結張狂的灰色捲髮。

給
紳士風度的男孩
與淑女風範的女孩
學院

「早安。」艾比尼瑟說。

菲佐維小姐畏縮了一下。「第一次遇見一位淑女時，正確的問候是『您好嗎？』。好了，你是要帶孩子來，還是想帶孩子走？」

「要帶一個走，麻煩了。」艾比尼瑟回答。

菲佐維小姐脣角抽動，是一抹笑容的開端。已經連續好幾個星期，她連一個小孩也擺脫不掉。

「你應該早點說的，快進來！」她說。

菲佐維小姐決定向艾比尼瑟展現她此刻所懷抱「友善的」心情，於是衝著他微笑。她的牙齒泛黃缺角，牙齦是不健康的暗紅色。

「你可以看到，我嚴格監管這個地方。」菲佐維小姐說，領著他走進這棟建築，「我認為，除非一切保持乾淨整齊，否則無法養出守規矩的男孩和乖巧的小女孩。」

艾比尼瑟哈哈笑了，因為他認為這是個笑話。這座孤兒院灰塵漫天，髒亂不堪，到處掛著蜘蛛網。

「你在笑什麼？」她問。

「喔，沒有。我只是想到幾天前在電視上看到的東西。」艾比尼瑟回答。

菲佐維小姐再次縮了縮身子，她並不贊同現代科技。「看電視是有失紳士風度的事。」她說。

菲佐維小姐領著艾比尼瑟走進辦公室，那裡有個告示牌負責看守此地，上頭寫著：「除非絕對必要，不許任何孩子入內！」比起孤兒院的其他地方，那個房間明顯的較不髒亂，灰塵和蜘蛛網也少很多，裡面放滿了各式各樣精采美妙的東西，院內其他地方都沒有這樣的擺設。

菲佐維小姐在書桌後方就坐，桌面藏在堆積如山的文件和茶杯底下。

「我這個人很有條理，」她一臉嚴肅的說，艾比尼瑟這一次沒笑出來，

「想喝點什麼嗎？」

艾比尼瑟口很渴，可是不相信這麼沒條理的人能夠泡出一杯好茶。

「不，不用，謝謝。」艾比尼瑟回答。

「好，好。現在讓我來填書面資料。」菲佐維小姐說。她在桌面上摸摸找找，最後終於找到了一張空白表格。「貴姓大名？」

「艾比尼瑟．杜威色。」

「住這一帶嗎？」

「是，開車五分鐘。如果開快點，只要三分鐘。」

「太好了。貴庚？」

「五百一十一歲，但星期六我就五百一十二歲了。」

菲佐維小姐從表格後方抬起頭來，被艾比尼瑟搞糊塗了。她撥開耳邊幾綹灰色捲髮，請艾比尼瑟再回答一次。

「三十。」艾比尼瑟說，「嗯，我本來想說的是這個。我三十歲。天啊，我好年輕。」

「唔，如果你不介意我這麼說，我覺得你看起來不到三十，杜威色先生。你的模樣不超過二十歲。」菲佐維小姐說，掛著諂媚的笑容。

艾比尼瑟聽到這番話的時候，心頭總是湧上一股得意之情，儘管已經聽過這樣的恭維好幾次。

「總之，咱們言歸正傳吧，」菲佐維小姐繼續說，「你在找哪類的孩子？」

「我不挑，」艾比尼瑟說，「給我最便宜的就好。」

「最便宜的？」

「是的，麻煩你。如果最便宜的品質很差，那麼我願意多付點錢。」

「杜威色先生，你知道孤兒院的運作方式嗎？」菲佐維小姐問，起疑的皺著眉頭，「你確實知道，你不用付錢買孩子吧？我們會把孩子免費給你！」

艾比尼瑟認為，用這種方式來經營生意很古怪。如果菲佐維小姐針對孩子索取費用，也許就有足夠的錢找更漂亮的房子。不過，他不打算抱怨。

「太好了，」艾比尼瑟說，「所以接下來該怎麼進行？」

「唔，現在你先見見孩子們。我會找幾個來我辦公室外面排隊，這樣你就可以跟他們面談，一次一個。你想要多大年紀的孩子？」

「都可以。」艾比尼瑟說。

「鞋子大小呢？這年頭有不少人都偏好穿四號鞋的孩子。」

「都可以。」艾比尼瑟說。

「杜威色先生，對於要找什麼樣的孩子，你一定有些想法。你一定知道自己想找男生或女生吧？」

「我真的都可以。」艾比尼瑟不耐的說，滿腦子只想盡快拿到藥水。「老實說，什麼孩子都可以。」

菲佐維小姐真希望艾比尼瑟對這件事至少有點意見。這樣要擺脫一個孩子，執行起來會容易得多。

「好吧，」菲佐維小姐說，「我想你得見見『所有的』孩子。我希望你今天早上沒有其他事情要忙。」

菲佐維小姐去帶孩子過來，總共有二十七個。她要他們在她辦公室外頭排排站，艾比尼瑟則不耐煩的用手指敲著桌子。

「這是第一個。她叫艾美．克魯，她才加入我們的行列不久。艾美，老天，別害羞了，這樣很煩人。」菲佐維小姐說。

艾美是個害羞的小女孩，大人越叫她別害羞，她越害羞。她不超過三歲，沒比網球拍高多少。她從門口緊張的探頭進來，看著艾比尼瑟。

「你好嗎？」艾比尼瑟說，伸手要跟艾美握手。

菲佐維小姐嘮叨一陣之後，拖著艾美走進辦公室。艾美一手摟著破舊的粉紅泰迪熊，害羞的用另一隻手向艾比尼瑟揮揮手。

艾美太矮小搆不到椅子，於是菲佐維小姐將她抱起來，讓她站在桌子上。艾美對著艾比尼瑟微笑，菲佐維小姐在長褲上抹著手，想搓掉可能沾到的細菌。

「啊喔！」艾美說。

「什麼？」艾比尼瑟說。

「啊喔！」艾美說，再次揮手，「啊喔！啊喔！啊喔！」

艾比尼瑟不確定自己該怎麼回應。

「她在學習發音上恐怕落後了，」菲佐維小姐說，不耐煩的嘆口氣，「她是想說『哈囉』，是不是啊？艾美，我親愛的？」

「喔，原來啊，」艾比尼瑟說，因為對方嗓門太大而皺了皺臉，「啊喔你好，艾美。很高興認識你。欸欸欸，你覺得今天天氣怎麼樣？很糟糕吧？」

「嗄？」艾美問。

菲佐維小姐解釋，艾美還在學怎麼說話，不懂「天氣」和「很糟糕」的意思。菲佐維小姐告訴艾比尼瑟，應該聊些適合學步兒的簡單話題。

「啊，說得也是。」艾比尼瑟說。

他以前沒跟學步兒聊過多少天，覺得要想話題還滿難的，但是接著他有個好點子，就是跟艾美聊聊她的泰迪熊。

「他叫什麼名字？」他問，指著泰迪熊。

「不是男生啦！」艾美笑得好用力，感覺可能會摔下桌子。「是女生，叫莉莉派小姐。」

「莉莉派小姐，是嗎？真是有趣的名字。早安，莉莉派小姐，你好嗎？」艾比尼瑟問，伸手要握手，但這次是對著泰迪熊。

艾美覺得這樣很滑稽。她放聲大笑的時候，桌子搖搖晃晃。

「好好笑！」艾美說，指著艾比尼瑟，「我喜歡他。」

艾比尼瑟也喜歡艾美。雖然她贏不了任何對話比賽，而且需要對她惱人的笑聲下點功夫，但除此之外，她非常可愛。

「杜威色先生，你意下如何？今天想帶艾美回家嗎？」菲佐維小姐問，一面搓著骨瘦如柴的雙手。

「好，」艾比尼瑟說，「好，我願意。」

艾美歡喜的尖聲呼喊，帶著莉莉派小姐在桌子上跳起舞來。菲佐維小姐喜悅的尖叫一聲，抽搐的微笑綻放成神采飛揚的黃牙燦笑。

艾比尼瑟也很開心，他想如果艾美住在家裡一定很有趣——比起跟怪獸聊天，跟她閒聊一定更有樂趣。

艾比尼瑟想到怪獸的時候，倒抽一口氣。那瞬間，他忘了自己為何來到孤兒院。他不是來這裡找自己喜歡的小孩；他是來這裡替主人挑餐點。

「等等，不！」艾比尼瑟脫口而出，「不、不、不——我不能帶艾美走！她不是我想要的！」

艾美不再跟莉莉派小姐在桌上共舞，不再發出歡喜的尖呼，而是哭了出來。她抬起雙臂討抱。

菲佐維小姐不耐煩的吐氣，將艾美用力放在地上，要她別再哭哭啼啼。

艾比尼瑟看著自己的手錶，納悶整件事要耗時多久。在孤兒院裡待了一段時間，他已經覺得有點乏味。

「也許下一個更合你口味。」艾美離開辦公室的時候，菲佐維小姐說。

下一位是個高眺有禮的男孩，叫做傑佛瑞。雙親兩年前在湖中意外溺斃，從那之後他為了紀念父母，一直努力當個好孩子。

他走進辦公室的時候，在一顆美麗閃亮的雪球前面徘徊。雪球的主題是個在街上跳舞的芭蕾伶娜。

「菲佐維小姐，這是我媽媽的雪球嗎？」他問。

「不必在意，放在這裡很安全。況且，探問淑女的私人財產，非常沒有紳士風度。」

「抱歉，菲佐維小姐，我不會再這樣了。」

艾比尼瑟已經可以看出，傑佛瑞人太好，不能餵給怪獸吃。

「下一位！」艾比尼瑟喊道，傑佛瑞才自我介紹到一半。「這個我也不想要。」

傑佛瑞被菲佐維小姐拖到辦公室外。在接下來的二十分鐘，艾比尼瑟又面談了十個孩子，但他看到的都太討人喜歡。他不知道要找到一個壞孩子竟然這麼困難。

「我還以為你不挑，」菲佐維小姐怒道，「我以為你說什麼孩子都行？」

「是，抱歉延遲了，」艾比尼瑟說，「可是我需要確定找對了人。」

菲佐維小姐對艾比尼瑟越來越不耐煩，介紹下一個孩子時，語氣有些冰冷。「這位叫哈洛德．奇肯，希望他更合你口味。」

艾比尼瑟幾乎馬上可以看出，哈洛德．奇肯不會合他的口味。首先，他打扮得太光鮮，不可能是壞孩子，再者，他露出過於善良的笑容。

艾比尼瑟正要喊「下一位！」的時候，聽到辦公室外頭

傳來扭打的聲音。傑佛瑞尖叫著：「救命！救命！」有個女孩則喊著：「閉嘴啦，你這個討厭鬼！」

艾比尼瑟從椅子上跳起來，跟菲佐維小姐一起去看出了什麼事。傑佛瑞被在鳥店見過那個矮小削瘦的女生壓制在地。女生正忙著把蟲子塞進他鼻孔，她對他嚷著：「討厭鬼！討厭鬼！」

「立刻住手，貝瑟妮！」菲佐維小姐尖聲叫道。

貝瑟妮生著悶氣，將蟲子跟手指從傑佛瑞的鼻孔移開。菲佐維小姐轉向艾比尼瑟。

「抱歉讓你目睹這個場面，杜威色先生，」

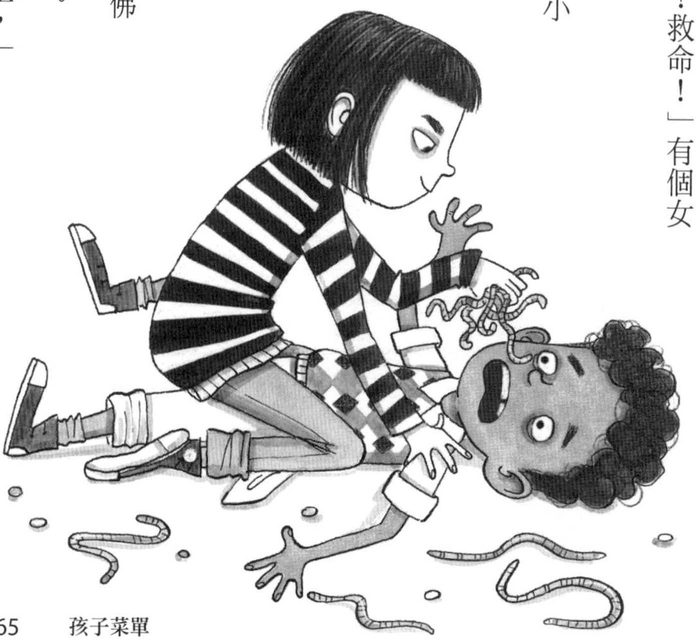

她說，「我應該把貝瑟妮留在她房間。」

「沒必要道歉，」艾比尼瑟說，笑容滿面，「我才應該謝謝你。我想你剛剛幫我找到了我想帶回家的孩子。」

5 獨一無二的貝瑟妮

「你想領養貝瑟妮？」菲佐維小姐問。

他們回到了她的辦公室。

菲佐維小姐叫所有孩子回房間去，除了貝瑟妮，她被要求在辦公室外頭等候。

「是，麻煩了，」艾比尼瑟說，「會有問題嗎？」

「對你來說可能會變成問題。」菲佐維小姐噘著嘴說。

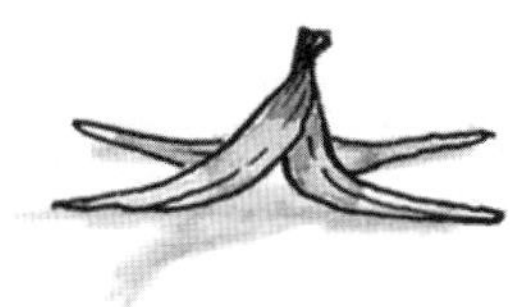

她跟艾比尼瑟說起，貝瑟妮在父母因為火災雙亡之後怎麼來到孤兒院，並且警告他，從那之後，貝瑟妮闖禍連連。

貝瑟妮來到孤兒院之後，耍過所有想像得出來的惡作劇和把戲——她在馬桶座椅上噴強力膠，坐上去的人會困在廁所好幾天；把菲佐維小姐的糖罐放滿辣椒粉，毀掉她好多杯茶；在每個階梯上留下香蕉皮，害很多孩子摔得鼻青臉腫。菲佐維小姐解釋，問題不只在於調皮搗蛋，還有貝瑟妮做壞事時的那種樂不可支。貝瑟妮跟大多孩子不同，挨罵的時候並不會表現出懊悔的樣子。她似乎對自己的行為非常自豪。

「我從未見過這麼堅決要違反淑女風範的女孩，」菲佐維小姐說，「如果你收留她，你就得面對一場戰鬥。」

「我有信心可以贏得這場戰鬥。」艾比尼瑟說。

「別這麼有自信。幾年前有個女人像你這樣，來到這裡。她以為自己很懂孩子，可以攻克貝瑟妮。」

「後來呢？」

「她把貝瑟妮帶回家，可是三天後就帶回來了。貝瑟妮把她的瓷娃娃全丟進洗衣機裡。」

艾比尼瑟聽到這件事很高興。他確定自己終於找到適合餵給怪獸的孩子。

「貝瑟妮很沒有教養。替她準備好的漂亮洋裝她從來都不穿，吃起東西就像獸欄裡的動物，」菲佐維小姐說，「我希望你在帶她回家以前，能先仔細考慮過。」

艾比尼瑟仔細想了想，才花三秒鐘時間。

「我還是想要貝瑟妮，」他說，「而且我可以向你保證，我絕對不會帶她回來。」

事情就這麼敲定了。菲佐維小姐告訴貝瑟妮，她有新家了，要她立刻去收拾自己的東西。等艾比尼瑟簽完所有必要的表格，貝瑟妮已經裝好一個箱子在外頭等著，裡頭有一把彈弓、一根牙刷、一個放屁坐墊、一疊衣服、一張皺巴巴的照片，以及最後兩隻蟲子和一疊漫畫書。

貝瑟妮看著艾比尼瑟的時候，眼裡閃過淘氣的光芒。她正在打量最新的標靶，想著所有可以用來折磨他的方法。

「最後一次機會，杜威色先生。這件事你百分之百確定嗎？」菲佐維小姐問，臉上寫滿懷疑——貝瑟妮肯定很快就會回到這間孤兒院。

「確定，」艾比尼瑟說，「再見。」

艾比尼瑟帶著貝瑟妮走到他的車子那裡，吹著愉快的曲調。

「你口哨吹得好爛，聽起來就像老奶奶想吐掉潤喉糖。」貝瑟妮說，爬進車子後座。

作為回應，艾比尼瑟繼續吹口哨——比之前更大聲，也更有熱忱。

艾比尼瑟啟動引擎，正要駛出孤兒院的時候，看到傑佛瑞拔腿追了過來，一面大喊「等等！」、「停車！」，以及「喔，可惡，拜託別走！」

「快開車！」貝瑟妮對艾比尼瑟嚷嚷，「別只是呆呆坐在那裡，你這笨蛋，快走！」

艾比尼瑟才不打算遵從貝瑟妮的任何指示。他停下車子，搖下窗戶跟傑佛瑞說話。

「非……常……（唔）……謝……（啊）……謝……（咿）……你。」傑佛瑞說，剛衝刺完喘不過氣來。

「欸，你看起來是個不錯的小伙子，可是我恐怕沒辦法帶你回家。我已經選擇領養貝瑟妮，不需要別人。」艾比尼瑟說。

「對啊，所以滾蛋，你這個討厭鬼！」貝瑟妮說。

「不是……那……個。」傑佛瑞說。他花了一點時間緩過氣來。「我追過來是因為貝瑟妮拿走了我的東西。是我爸媽生前給我的最後一份禮物。」

艾比尼瑟對著貝瑟妮挑眉。他並不生氣，只是等不及要回家。貝瑟妮蹙起眉頭。

「拿去就拿去，你這個討厭鬼。」貝瑟妮說。她從箱子裡拿出最後的蟲子，把牠們丟出窗外。

艾比尼瑟駕車從孤兒院揚長

而去。

他沒聽到傑佛瑞喊著：「不是這些蟲，是漫畫書！她拿了我的漫畫書！」

「會不會有其他人在追我們？」艾比尼瑟問貝瑟妮。

「不會，只有他。」貝瑟妮說。她很遺憾當初沒偷其他人的東西。

「他跟你嘗試把蟲子塞進鼻孔的，是不是同一個人？你這麼討厭他，有什麼特別的原因嗎？」

「因為他是個討厭鬼。」貝瑟妮說。

「嗯，好吧。」艾比尼瑟說。

兩人默默無語度過剩下的車程。貝瑟妮翻著傑佛瑞的漫畫書，艾比尼瑟則忙著照鏡子，他注意到右邊眉毛上方浮現一道淡淡的皺紋。

「我一定要拿到藥水。」他喃喃自語。

「你什麼？」貝瑟妮問。

「不用在意，跟你無關。好，我們到了。歡迎來到你的新家！」

貝瑟妮仰頭望著這棟寬如一打大象的十五層樓房子。她聳聳肩，轉身去看漫畫。

「你不打算說『哇啊！』或『天啊！』嗎？」艾比尼瑟問。

「沒有，」貝瑟妮說，「浪費空間沒什麼了不起的。」

艾比尼瑟滿臉通紅，正準備吼貝瑟妮的時候，才意識到這個舉動沒有意義。反正她很快就要進怪獸肚子裡了。

「來吧，我們進屋裡去。」艾比尼瑟說。

「一定要嗎？這輛車可能還比那個垃圾堆房子舒服。」貝瑟妮說。

「那個垃圾堆的價值超過三座城堡！」艾比尼瑟吼道，再也控制不住脾氣。

貝瑟妮咧嘴笑著，很高興兩三下就惹他發怒。她把漫畫塞回箱子裡，跳出車外。

「我想自己選房間，」貝瑟妮說，艾比尼瑟跟她一起走進屋裡，「而且要比你的還大。」

「我沒問題，」艾比尼瑟說，「可是我要你先見見某個人，唔，也許說某個『東西』更貼切。」

艾比尼瑟看著貝瑟妮的時候，體驗到一種全新的感受。這輩子頭一次，艾比尼瑟真心期待餵食怪獸。

6 移動的饗宴

「這個東西住在頂樓，」艾比尼瑟說，「而且迫不及待要認識你。」

「如果牠迫不及待要見我，幹麼不自己下樓來？」貝瑟妮問。

「牠不喜歡動，除非有絕對必要。」

艾比尼瑟登上樓梯，貝瑟妮遲疑的尾隨在後。爬上十五道階梯的旅程過得很慢，貝瑟妮沿路取笑沿牆擺放的畫作和古董。她批評有些臉沒畫好，有些不夠鮮豔，有些單純就是「無聊」。

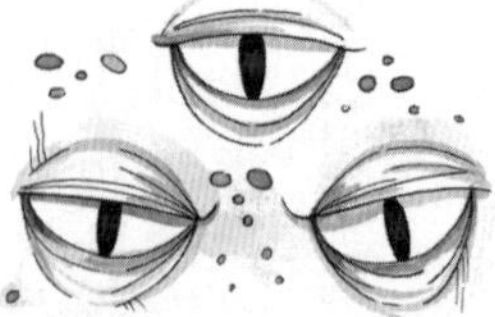

抵達階梯頂端的時候，艾比尼瑟已經準備好把貝瑟妮推下樓梯。不過，他並沒動手，因為他知道怪獸喜歡新鮮的餐點。

「盡量不要害怕，」艾比尼瑟說，「如果你害怕，牠就不會喜歡你了。」

「要是牠敢耍什麼可怕的怪招，就等著瞧！」貝瑟妮說。

艾比尼瑟翻翻白眼。貝瑟妮再不久就會發現沒人敵得過怪獸。他打開搖搖欲墜的老門，按下電燈開關，房間瀰漫著濃濃的水煮包心菜和死鸚鵡的味道。

「臭死了！」貝瑟妮喊道，將兩根瘦巴巴的手指塞進鼻子，好擋住那股味道。

「如果我是你就不會這麼說，牠不喜歡有人提到這個味道。」艾比尼瑟低聲說，「請不要大叫或尖叫，那種噪音在這裡不受歡迎。」

「牠也不喜歡洗澡吧，」貝瑟妮說，聲音因為鼻子塞了手指而堵住，

「牠沒聽過沐浴乳這種東西嗎？」

艾比尼瑟拉開紅絲絨布簾，迎面是一臉很不高興的怪獸，布簾顯然沒有隔音效果。

貝瑟妮看到怪獸的時候，發狂尖叫。她把手從鼻子抽出來，指著怪獸，瘦巴巴的手指沾滿鼻屎。

「喔，好噁！」貝瑟妮大喊，「噁到爆！這只是一團有眼睛、有舌頭、灰撲撲的恐怖老東西。」

「請不要聽她說的，」艾比尼瑟對怪獸說，「她不知道自己在說什麼。你一點都不老，也不恐怖——你是一團風度翩翩的東西！」

怪獸將三顆眼睛轉向艾比尼瑟，沒一顆露出高興的樣子。

「我是說，你才不是一團東西。當然不是了。」艾比尼瑟急忙說，「我想說的是，你……你……」

「我餓了。」怪獸說。

「對，沒錯！你餓了！」艾比尼瑟說。

怪獸把視線轉向貝瑟妮，對她拋出的神情並不友善。

「你這小孩非常失禮。告訴我，所有的小孩都很失禮嗎？」怪獸問。

「不知道，我又不認識全世界的小孩。那怪獸呢？都黏乎乎、醜不拉嘰

的嗎？」貝瑟妮問。

艾比尼瑟覺得，他這輩子已經受夠了貝瑟妮，該是她閉上嘴巴的時候了。他不知道前一位領養她的女士怎麼有辦法撐過三天。

「你要貝瑟妮靠近一點嗎？可以把她看得更清楚？」艾比尼瑟問怪獸。

「在那個東西學會用牙刷以前，我才不要再接近牠一步！」貝瑟妮說，「牠嘴巴的味道比一袋兔子便便還臭！」

「貝瑟妮，我不在乎你怎麼想。你一定要學會遵從指示，如果怪獸要你更靠近，你就——」

「我才不要她更靠近，」怪獸打岔，「我從這裡就可以清楚看到她。而且老實說，我已經看夠了她。」

「太好了！」貝瑟妮說。她以雙腳所能擺動的最快速度，拔腿衝出房間，然後奔下樓梯。

艾比尼瑟因為怪獸的行徑震驚不已，甚至沒有試圖阻止貝瑟妮。怪獸這麼快放過自己的晚餐，讓他詫異又驚懼。

他望向怪獸想聽解釋，但牠似乎無意說明，只是用牠的三顆眼睛冷冷瞪著貝瑟妮剛剛開心離開的房門。

艾比尼瑟沒問任何問題，免得怪獸還在生氣。除了貝瑟妮在屋子裡砰砰走路，甩上房門的遙遠聲音，整個房間悄無聲息。

「你讓我很失望，艾比尼瑟，」怪獸最後終於說，「好幾個世紀以來，你從未辜負過我。當我說要花豹，你就尋遍叢林，極力獵捕最好的一頭。當我要鐵達尼號的殘骸，你就買了換氣裝備，潛到深海裡去打撈。可是現在，我向你要求這麼簡單的東西，你卻辜負了我。」

「我知道，我知道，抱歉。」艾比尼瑟說，「我選貝瑟妮真是大錯特錯。她真是個可怕的小女孩，我永遠都不該把她帶來給你的。」

怪獸一臉困惑。

「她可不可怕跟我的失望毫無關係。事實上，惡劣的表現還可能給她一種有趣、苦澀的滋味。」怪獸解釋。

輪到艾比尼瑟一臉不解。他困惑的張嘴盯著怪獸。

「喔，艾比尼瑟，我什麼都要解釋你才懂嗎？來嘛，想一想。我跟你說我想吃什麼？」怪獸問。

「你……唔，你說你想吃一個孩子，不是嗎？」

「啊，可是不是隨便一個孩子。我說我想要『豐滿多汁』的孩子！我想要肉很多的，牙齒可以咬進去的那種，而不是你帶來的這個乾扁的小傢伙。吃屬於我的第一個孩子的時候，我希望感覺像是正餐，而不是零嘴，而且我想嚼到更多，而不只是一袋骨頭。」

「喔，對，現在我懂了。」艾比尼瑟說，同時點著腦袋、拍著雙手，表示自己有多懂。「簡單！我把貝瑟妮帶回去，問菲佐維小姐有沒有比較大隻的小鬼頭。」

「不！」怪獸聲如洪鐘，氣憤的搖搖晃晃，**「那不是我想要的！」**

艾比尼瑟等著晃動結束。

「那你**想要**什麼？」艾比尼瑟用他最輕柔，最有撫慰效果的語氣問。

「我想吃貝瑟妮！我想把她一口吞下，讓她瞧瞧黏乎乎的灰色團塊有多可怕。可是，我要等到她更有分量的時候再吃。」

「什麼時候她吃起來會更有分量？」艾比尼瑟問。

「等你餵她一堆食物以後啊，你這傻蛋！今天是星期二，是吧？」艾比尼瑟點頭回答。「唔，你要到星期六才需要藥水，三天養肥一個孩子綽綽有餘。」

想到必須跟貝瑟妮生活三天，艾比尼瑟驚恐不已。此時此刻，他很樂意剁掉自己的腳踝，只要可以不用跟她相處更多時間。

「可是，拜託——」艾比尼瑟說。

「沒有可是，艾比尼瑟，」怪獸說，「如果你再讓我失望，那麼你恐怕會發現，我在送禮上不會再這麼慷慨。」

7 大餵食

艾比尼瑟這輩子頭一次碰上了問題，而且是個大問題。

那個大問題就是，貝瑟妮不夠大隻。如果他想繼續過著優渥無比、毫無皺紋的生活，就必須找到方法，讓貝瑟妮的骨頭盡快長出肉來。

艾比尼瑟走下樓梯時，忖度自己在那天結束以前，能否擺脫貝瑟妮。他想了幾個點子，但沒一個保證會成功。

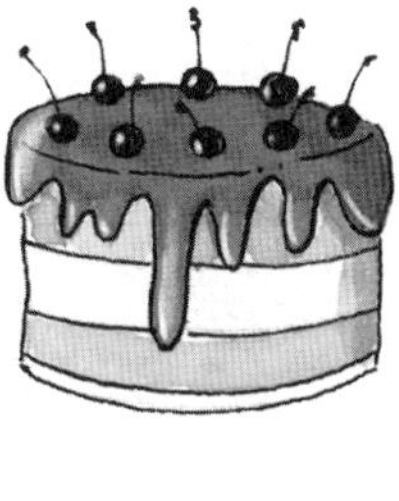

他的頭一個念頭是，他應該溜進醫院，偷幾根針，然後把幾包巧克力

餅乾打進貝瑟妮體內。這看起來似乎是個相當不錯的計畫，直到艾比尼瑟想起，他看到醫療器材會反胃。

他的下一個構想感覺也很厲害。為了避免跟貝瑟妮共度三天時間，艾比尼瑟決定想辦法騙過怪獸。他會讓貝瑟妮套上好幾層衣服——至少穿七件套頭毛衣、三條半長褲，然後把她帶到怪獸面前，說她現在的大小剛好可以吃。

不過，再仔細檢視，這個計畫有兩個明顯的問題。首先，艾比尼瑟得經過一番掙扎，才可能說服貝瑟妮穿上七件套頭毛衣和三條半長褲。即使他順利要她做出這麼荒謬的裝扮，事後他也不可能說服怪獸，小孩嚐起來的滋味會那麼像一堆衣服。怪獸可能會生氣，對他狂嘔烈火和鐵鎚。

艾比尼瑟站在十一樓的時候，第三個構想浮現腦海。他頓住片刻，看著沿牆擺設的藝術作品。

十一樓掛了好些艾比尼瑟最心愛的畫作。裡面有鼻子前後顛倒的女士、不大高興見到對方的一對夫婦。離樓梯更遠的牆上，還有一幅是抽著香菸的骷髏頭。

艾比尼瑟不大了解藝術，而且也不大在乎這些畫作本身。他之所以喜歡它們，是因為他知道每一幅對其他人來說都別具意義。在怪獸的幫忙之下，加上牠吐出大把鈔票的能力，艾比尼瑟成功打敗幾十家畫廊主人和博物館館長，確保這些畫作只屬於他，而不是落到其他人手中。想到自己擁有其他人都渴望的東西，他就開心。

儘管艾比尼瑟對藝術並不著迷，但他真心喜愛放在十一樓的某件畫作。那是一幅書本大小的小肖像畫，名叫《金髮男孩》。

那幅畫總是能為艾比尼瑟帶來歡喜，而現在倒是給了他一個點子。

站在金髮男孩前面的時候，艾比尼瑟突然靈機一動，想到第三個，同時也是最合理的方法，可以解決貝瑟妮的問題。他判定該是耐住性子的時候。

金髮男孩面帶開心的笑容，雙眸晶亮，似乎在跟艾比尼瑟說，一切都會好好的。他似乎在說：「別擔心，你這個美男子，你可以跟這個惡劣的小鬼撐過三天時間的。」

艾比尼瑟點頭贊同這幅畫的想法。「是的，」他說，「是的，我是個美男子。是的，我辦得到！說到底，對五百一十一年的人生來說，三天算什麼呢？」

艾比尼瑟繼續往下走，現在比之前開心許多。他走完剩下的階梯，看出貝瑟妮已經進過每間她能找到的臥房，而且把每一間弄得亂七八糟。她挖出枕頭的羽毛、弄皺床單、將衣櫃和櫥櫃裡的衣服丟出來、在地毯上留下沾了泥巴的鞋印，甚至推倒了幾件家具。

艾比尼瑟原本應該氣得發抖，但他並沒有。想到金髮男孩，他便平靜下來，面對這片混亂時滿不在乎，彷彿只是丁點塵埃。

他漫步走進廚房，發現貝瑟妮在餐桌旁等他，臉上掛著燦笑。她很高興見到他——又多一個作怪的機會。

「你結束那個臭嘴巴的事了喔？」她問。

「再不久，臭嘴巴就會把你結束掉。」他喃喃著說。

「嗄？」她停下來挖鼻孔，「總之，我餓了！」

「臭嘴巴也是。」

「哼，閉嘴啦，煮點吃的來。」

艾比尼瑟考慮把貝瑟妮丟進烤爐，烤個四十五到五十分鐘，然後裝進碗裡端給怪獸吃。然而相反的，他決定耐住性子。

就「吃的」來講，艾比尼瑟準備了八片冷烤牛肉和蕪菁蛋奶酥。貝瑟妮拿起盤子，扔向牆壁。

「不！」她大叫，「不要那個。」

當艾比尼瑟端出義大利肉捲、烤龍蝦馬鈴薯、一碗花椰菜餃，她也喊出同樣的話。為了省得進一步尷尬，艾比尼瑟請貝瑟妮針對想吃的東西，給他一點線索。

「巧克力蛋糕！冰淇淋！還有糖蜜太妃醬！」

貝瑟妮漾起笑容，等著對方告訴她，她不能吃這麼不健康的東西，可是艾比尼瑟沒有絲毫不悅，只是打開其中一個甜點冰箱，拿出她想要的每樣東西。

貝瑟妮很失望。她一直很期待激怒艾比尼瑟，於是她再接再厲。

「我想要一大片，其實我想要超大片。」

「沒問題。」艾比尼瑟說。

艾比尼瑟放鬆的態度讓貝瑟妮惱怒。她狼吞虎嚥吃完第一片蛋糕，之後，又討了一片。

「這一次我要更大片。」她追加。

於是艾比尼瑟又切了一片——更大的一片，此外還添上更大的一團香草冰淇淋，在上頭噴了更多的糖蜜太妃醬。這點讓貝瑟妮起疑了。「我知道你在做什麼。你想耍我，」她吃完第二片之後說，「你想讓我以為你不在乎。哼，你不會成功的！我才不要讓你贏，我永遠會繼續討蛋糕吃！再給我一片！」

艾比尼瑟又切了一片給她。蛋糕迅速消失在貝瑟妮的喉嚨裡。

「再一片！」

艾比尼瑟再切一片。

「還要再一片！」

艾比尼瑟又切一片。

「還要再一片！」

「等等，我得再去拿蛋糕。」艾比尼瑟說。

貝瑟妮吃這麼多，讓艾比尼瑟興奮至極，因為他的工作會輕省得多。照這樣的速度下去，到半夜她的體型就會大得跟一間小木屋一樣。

無奈的是，貝瑟妮的胃發出了聲音，不是開心的聲音，而是當胃被迫在五分鐘內消化一整個巧克力蛋糕時，會發出來的噪音。

那個噪音是個高亢、哀鳴的呻吟，彷彿胃尖叫著，要貝瑟妮別再吃了。

「不，說真的，真的不要了！」貝瑟妮大喊，艾比尼瑟正要從新蛋糕切下新鮮的一片。「拜託不要！」

「我還以為你永遠不會停止吃蛋糕？」艾比尼瑟問。

他切完那片蛋糕，挖了半桶冰淇淋啪嗒放在旁邊，在頂端噴灑剩下的糖蜜太妃醬。

「你該不會要讓我贏吧？」他問。

為了回應這個挑戰，貝瑟妮拿起蛋糕叉，顫抖著手叉起一口，提到臉前面。她因為全神貫注而蹙起眉頭，試著張開嘴巴。

「來啊，吃啊，」艾比尼瑟幾秒鐘後說，「還是你要認輸了？」

貝瑟妮緊緊閉上雙眼，將蛋糕塞進嘴裡。蛋糕湧出令人作嘔的甜味，緩緩滑下她的喉嚨，進入胃裡。

「哎喲！」貝瑟妮說。她緊抱肚子，胃又發出一聲高亢的呻吟。「我沒辦法，我不能再吃了。」

艾比尼瑟不知道該有什麼感受。貝瑟妮不再大吃，這點讓他失望，但他也很高興自

己終於在某方面擊敗了她。

「你真是弱雞，」他對她說，「我要把蛋糕留在這裡，讓你記得自己有多可悲。」

艾比尼瑟走出廚房，披上衣櫥中排名第三好的外套，走向大門。

「你要幹麼？」貝瑟妮對著他背影喊道。

「去看電影，有一部新的超級英雄片上映了。」

「我喜歡電影。」她說。

「是嗎？真有趣。可惜我不跟弱雞一起看電影。」

艾比尼瑟走出去的時候用力甩上門，能夠對貝瑟妮以牙還牙，感覺真好。

8 消失的蛋糕

那部電影相當無聊，裡面滿是各種飛來飛去，對彼此嘶吼的人。那些飛來飛去的人講的每個爛笑話，前面一排的觀眾聽了都大聲狂笑，也讓艾比尼瑟覺得煩躁。

他回到家裡，心情相當暴躁，可是當他發現貝瑟妮不見人影，情緒轉眼振奮起來。看來她自己上床睡了。

艾比尼瑟注意到廚房所有的蛋糕都不見了的時候，心情更是大好。想到

貝瑟妮把蛋糕全部吃個精光，令他雀躍不已。如果她吃了兩個完整的巧克力蛋糕，那麼她一定大到足以讓怪獸享用了？

艾比尼瑟禁不住好奇，他非得瞧瞧貝瑟妮不可，看看她現在的模樣。他衝上樓梯，一次兩階，往八樓奔去——屋裡最大的臥房就在那裡，貝瑟妮肯定選了那一間給自己用。艾比尼瑟往房間一窺，發現貝瑟妮像隻海星一樣躺在床上。她打著鼾，手指沾滿蛋糕。

艾比尼瑟悄悄走進房間想看個仔細，卻對自己發現的情景相當失望。貝瑟妮看起來沒比他去看電影之前更壯，而且很奇怪的是，她的雙手沾滿巧克力蛋糕，可是嘴邊卻幾乎不見任何痕跡。他納悶怎麼會這樣。

貝瑟妮將她箱子裡那張皺巴巴的照片，放在床邊桌上。那是一張褪色的黑白影像，有個留著八字鬍的男性，和完全沒有八字鬍的女性。他們坐在布滿鵝卵石的海灘上，男人懷裡摟著一個滿臉怒容的寶寶，女人手裡則抓著一大張報紙。

艾比尼瑟把照片放回桌上，悄悄離開房間。他自己的臥房在十四樓，於是他往樓上走去。

他一面走著，注意到那些沿牆擺設的畫作和古董有些奇怪。他停下腳步，仔細看其中一件，然後驚恐的倒抽一口氣。

「喔，不，不，不！」他叫道，領悟到為何貝瑟妮手指上有那麼多巧克力，嘴巴周圍卻沒有。

那是因為貝瑟妮沒吃那個巧克力蛋糕。她把它全部拿來胡亂抹在艾比尼瑟收藏的畫作和古董上。艾比尼瑟衝到十一樓，去看她對他的最愛下了什麼毒手。

比他預想得還糟。貝瑟妮用巧克力糖霜替鼻子倒轉的女人畫了一副眼鏡，還用冰淇淋在那對夫婦臉上畫了笑容，這麼一來他們似乎很高興看到對

親愛的艾比尼瑟，
你應該帶我
去看電影的。
獻上很多愛，
弱栗佳

方。她也用糖蜜太妃醬替那個抽菸的骷髏畫了個瘋狂的髮型。

艾比尼瑟衝到他最珍愛的《金髮男孩》那裡。他雙膝跪地。

「不！她對你做了什麼事？」他啜泣。

貝瑟妮把蛋糕抹進那幅畫作，金髮男孩的頭髮如今變成黑的，還在他嘴脣上加了糖蜜太妃醬八字鬍，他現在看起來很荒謬，不再美麗。

在畫作底下，貝瑟妮用巧克力留下了一則訊息：

親愛的艾比尼瑟，

你應該帶我去看電影的。

獻上很多愛，

弱雞

艾比尼瑟怒氣沖沖走上樓，熱淚在眼裡灼燒。他猛力打開閣樓的門，詫異的發現怪獸不在平常的位置上。

怪獸正從房間的一頭搖搖晃晃走向另一頭。牠費勁的緩緩移動著，濃如糖漿的汗珠正從身上湧出來。艾比尼瑟衝過去幫忙，問道：「怎麼了？」

「一**切都好！**」怪獸說，雖然很明顯一切都不好。牠喘不過氣，三隻眼睛筋疲力盡的直打轉。「我在運動！」

怪獸平日從不運動，通常能夠不動就不動。艾比尼瑟納悶，為什麼牠會突然改變作風。

「是因為貝瑟妮說你是一團東西嗎？」艾比尼瑟問。

「跟那個沒關係。」怪獸怒道，在房間中央坐下來，發出如釋重負的呻吟，「你來幹麼？」

「我過來這裡，是因為我再也受不了貝瑟妮了！」艾比尼瑟說，「她毀了我所有的畫作和古董，沒有一幅沒被蛋糕毀掉！」

怪獸打了哈欠，三顆眼睛因為疲憊和無聊而下垂。

「拜託，能不能求你在她做出其他事情以前吃了她？」

怪獸精神一振，因為興味盎然而瞪大眼睛。

「你應該早點說她已經準備好了，老小子。你的意思是，她已經大到適合我吃了？」

艾比尼瑟盯著雙腳。「她比昨天大了一點點……」他說。

「說實話，艾比尼瑟。她骨頭上的肉長夠了嗎？」

「可能沒有。喔，可是我再也受不了了。你知道她對我那幅《金髮男孩》做了什麼事嗎？」

「不，抱歉，可是我就是不在乎，」怪獸說，「老實說，你又惹我心煩了。我給你永恆的青春和嚮往的一切，作為回報，我只要求你照料和養肥一個小女孩。如果你控制不了一個小女孩，那不是我的問題。」

「可是所有的畫作和古董——都毀了耶！」

怪獸嘆口氣，合起三隻黑眼睛，閉上垂涎的嘴巴。牠搖晃那團身軀，一面發出低沉的嗡鳴。然後，突然間，牠張開嘴巴，吐出形形色色的清潔用具。

地板上，稍微沾了一點口水的，是拖把、海綿、幾瓶清潔劑，還有看起來像壞掉牙刷的小小清潔刷。艾比尼瑟彎下身子，把東西全掃進懷裡。

「謝謝你！」他邊說邊朝門口走去，「非常感謝！」

「喔，艾比尼瑟，說到控制貝瑟妮，需要幫忙的話，讓我知道一下。你一直發牢騷，開始惹得我越來越心煩。我很不喜歡在跟你相處時覺得心情惡劣，難保我會做出什麼事來。」怪獸說。

艾比尼瑟用了怪獸嘔出來的每樣工具——拖把、海綿、清潔劑跟小小刷子，試圖將他心愛的畫作從巧克力之死中拯救出來。他耐著極大的性子，好不容易才從骷髏和鼻子倒轉女士的畫作移除了眼鏡和髮型。他修好了那幅夫婦畫作，確保他們看到對方又一臉不悅。

最後，他著手處理金髮男孩。他花在修補這幅畫的時間和心力多上許多。經過整整一小時的悉心清理後，金髮男孩恢復了原有的美貌。

艾比尼瑟決定，等貝瑟妮進了怪獸的肚子以後，再開始清理剩下的畫作和古董——她還在屋裡，可能會對它們做出更多惡劣的事情，先清理也沒意義。

做了這麼多清理工作之後，艾比尼瑟累壞了。他爬進床裡，把頭靠在枕頭上，結果發出了放屁聲。

「什麼鬼東西？」

艾比尼瑟坐起來，狐疑的望著那顆枕頭。他在上頭躺下來，枕頭又放了個屁。他把手伸到枕頭底下，摸到了貝瑟妮的放屁坐墊。

「我受夠了！」他對著空房間吶喊，憤恨的捏下放屁坐墊，它再次放了個屁。「我得找個辦法控制她。」

9 狡猾的計畫

好好睡一覺會對大腦產生神奇的效用，可以讓你的思考清晰起來。如果運氣好，還能為你最棘手的問題帶來解答。

艾比尼瑟在那個星期三早晨非常幸運，因為他醒來的時候，想出了解決貝瑟妮問題的方法。那個方法非常高明，艾比尼瑟想啊想的便漾起笑容。

「太好了！一定有用！」他說。

他很興奮，想一骨碌跳下床來表達那種感受，可是不知怎的，他的身體運轉得比平日遲緩一點。雙腿的骨頭痠疼，幾乎要花平常的兩倍時間才能走到浴室。

走到那裡之後，他往鏡子一瞧，驚聲尖叫。他的眼周有皺紋，髮絲失去了一點色彩。藥水的功效漸漸消失了。

「我一定要除掉那個小孩。」艾比尼瑟對自己的倒影說。

艾比尼瑟刷了牙，上了廁所，泡完晨間的泡泡浴，然後換好衣服下樓。他在早餐桌上鋪滿了堆積如山的食物，為了確保她會吃下去，在桌上放了個告示寫道：「不准吃！」

然後便回到房間假裝睡著。一個小時左右之後，貝瑟妮醒過來，砰砰下樓，扯開嗓門尖聲唱著惱人的歌曲。艾比尼瑟聽到她看到早餐桌上的食物和告示時，歡喜的咯咯笑。

艾比尼瑟等了整整半小時後才回到廚房。他到廚房的時候，貝瑟妮正在吃第四個葡萄麵包，一面看著傑佛瑞的漫畫，旁邊有三碗吃光的麥片粥。

「喔，不！你做了什麼事？」艾比尼瑟問，面對如此重大的勝利，卻要盡可能裝出驚恐的表情。他拚命假裝自己很生貝瑟妮的氣。

「吃早餐啊。」她回答。

「喔，真可惜，」艾比尼瑟說謊，「我原本打算跟你共進早餐，這樣我就可以花點時間，把怪獸的魔法一五一十的告訴你。」

「我還以為你不會想跟弱雞吃早餐呢。」貝瑟妮頓住片刻，把頭從漫畫抬起來，「你說魔法是什麼意思？」

此刻，艾比尼瑟必須忍住歡呼的衝動。他不敢相信自己的計畫進行得這麼順利。

「算了，下次再跟你說，反正現在也起不了作用，都被你毀了。」

「不行，現在就告訴我！」貝瑟妮喊道。她一手握拳，用力敲打早餐桌，震得裝著柳橙汁的瓶子搖搖晃晃。

「好了，好了，鎮定點。」艾比尼瑟說，「我只想告訴你，怪獸有魔法，而且——」

「那個魔法有嚴重的口臭嗎？」貝瑟妮問。

「沒有，你如果打岔，我就什麼都不告訴你。」

貝瑟妮比了比拉起嘴脣拉鍊的動作，讓艾比尼瑟知道她不會再開口。

「謝謝。是這樣運作的，」艾比尼瑟說，「怪獸可以從肚子裡變出任何東西。只要開口要求，牠就會搖搖晃晃，發出嗡鳴，然後砰轟一聲嘔出你要求的東西，不管是什麼。」

貝瑟妮做了拉開嘴脣拉鍊的動作。「我才不相信你呢，」她說，「魔法怪獸才不存在。」

「啊，存在的，而且這棟房子裡就有一頭。你看到窗邊那架寶寶平臺鋼琴了嗎？唔，就是從怪獸那裡來的。」

貝瑟妮站起來，大步走到鋼琴那裡，試彈了〈蛋頭先生〉和〈一閃一閃亮晶晶〉，確定鋼琴真的管用。

「看到樓下起居室牆壁上那個大電視了嗎？那是怪獸上個月給我的。」

貝瑟妮走進樓下的起居室。她看了五分鐘的卡通，確定電視沒問題。

接著，她走回廚房，半信半疑瞅著艾比尼瑟，依然不知道要不要相信他。

「所以世界上的任何東西，都可以跟怪獸要？」

「沒錯。」他回答。

「什麼都可以？」

「嗯哼。」

「那你為什麼要跟牠討電視和小鋼琴？」

艾比尼瑟哈哈笑。真是個好問題。

「我討鋼琴是為了惹鄰居心煩；我要大電視，這樣就永遠不必看書，」

他回答，「可是我以前跟怪獸討過有趣許多的東西。」

「你從牠那裡拿到最有趣的東西是什麼？」

「可能是獨木舟吧，或者是那件隱形雨衣。」

「喔，所以牠也可以給你具有魔法的東西？聽起來『超』可信的。」

「不管可不可信，」艾比尼瑟氣惱的說，「那就是實話！看著我的臉，你覺得我看起來老嗎？」

「你的眼睛那裡有點皺紋。」貝瑟妮回答。

艾比尼瑟皺了皺臉。「不用管那個。我想說的只是，這張臉不像快五百一十二歲的人吧。就我的年紀來說，我看起來棒透了，多虧怪獸每年給我魔法藥水。」

貝瑟妮坐在早餐桌旁，又吃了一份酥皮點心。她專注的皺起眉頭，一邊咀嚼，一邊試著理解艾比尼瑟告訴她的一切。

「為什麼？」她終於問。

「為什麼什麼？」他回問。

「為什麼怪獸要這樣做？為什麼牠要實現大家的願望？」

艾比尼瑟說謊的時候到了。為了讓計畫奏效，他必須讓貝瑟妮相信他所說的一切。

「唔，是這樣的，怪獸不是對每個人都這樣。我想在今天一開始就跟你說這件事，是有原因的。」他開始說，用最可信的語氣。「怪獸只會為從早上醒來開始就守規矩的人變魔法，怪獸最喜歡的，莫過於獎賞循規蹈矩的人。一整天都乖得不得了的人，牠會願意給那個人任何東西。」

貝瑟妮在椅子上往前傾身，驚恐的張開嘴巴，嚼到一半的酥皮點心掉到地上。「必須一整天？不能一個小時或什麼的嗎？」

「沒錯，必須是一整天。」

「喔，可惡。哼，那我從今天開始也沒意義，因為我已經調皮過了。好了，我把彈弓放哪裡了？」

「等等，等一下！」艾比尼瑟說，「其實，認真想想，我想也許沒關係。如果你今天剩下的時間都很守規矩，我能夠說服怪獸，把你想要的給你。」

貝瑟妮停下動作，再次思考。她從地上撿起嚼了一半的酥皮點心，扔進嘴裡。
「只要我想要的，怪獸真的都能給我？」貝瑟妮問，語氣裡懷抱的希望多得令人吃驚。
「對，絕對的。」艾比尼瑟回答。
「那好吧，艾比尼瑟。這輩子就這麼一天，我會乖乖的！」三秒之後，她又眉頭一皺。「你可以示範給我看要怎麼做嗎？」
艾比尼瑟卯盡全力解釋「乖」的意思。他告訴貝瑟妮，如果她想從怪獸那裡得到東西，就必須停止在屋裡惡作劇跟搗蛋。他告訴她，她可以從這裡開始表現出乖巧的樣子：清掉她企圖毀掉的畫作和古董上的蛋糕。
艾比尼瑟希望計畫順利推動，可是沒料到會這麼成功。貝瑟妮在三個小時內將每幅畫作跟每件古董都清得一乾二淨，然後吃了兩碗青花椰菜，在艾比尼瑟說乖就是要吃很多食物之後。

貝瑟妮顯然想要跟怪獸要求什麼，要不然永遠不可能這麼守規矩。艾比尼瑟不久就好奇起來，想知道貝瑟妮的願望，於是帶她上樓。

「我還以為你說要乖一整天，」貝瑟妮說，「我才乖幾個小時，怪獸會把我要的給我嗎？」

「會，我確定牠會，因為你這麼守規矩。」艾比尼瑟回答。

「哈哈哈，這麼好騙喔。」她說。

艾比尼瑟在九樓停下來休息。藥水的效用漸漸消退，往上走十五段階梯的旅程變得艱難，膝蓋感覺有點使不上力，整個人走得上氣不接下氣。

「你怎麼搞的？」貝瑟妮問，「為什麼眼睛四周有更多皺紋了？」

「不用管那個，」艾比尼瑟斥道，「告訴我，你想跟怪獸要求什麼？」

「好吧，」貝瑟妮說，「可是你得保證不告訴別人，我才要說。」

「我勾小指頭兩下、三下當作保證。」艾比尼瑟說。

「好，我小聲告訴你。」

艾比尼瑟彎下腰，耳朵湊向貝瑟妮。她深吸一口氣，把一顆覆盆莓吹進他耳裡。「不關你的事。」她說。

艾比尼瑟深吸一口氣之後才繼續往上爬。當他和貝瑟妮抵達頂樓的時候，艾比尼瑟要她等一下。

「等一下就好，」他說，「我只是需要先跟怪獸說你很守規矩的事。」

艾比尼瑟穿過搖搖欲墜的老門，貝瑟妮不耐煩的在外頭等待。

進入房間後，艾比尼瑟戳戳怪獸的肚皮，將牠喚醒。

「喔，又怎麼了，艾比尼瑟？」牠問。牠正做著大啖狼蛛的超級美夢。

「你說過要幫我控制貝瑟妮？」艾比尼瑟問。

「我真的說過嗎？我真蠢。」

「是，你說過。如果你可以實現貝瑟妮的願望，不管她要求的是什麼，會對我很有幫助。我好不容易才說服她要乖，可是只有你假裝為了她的表現給她獎勵，這招才會成功。」

「我想你誤以為我是什麼會雜耍的猴子了，艾比尼瑟！」怪獸想到自己有多喜歡吃會雜耍的猴子，忍不住舔了舔嘴脣。「欸，我可不是什麼實現小孩願望的精靈。」

「喔，我知道，」艾比尼瑟說，「很抱歉這樣要求，可是對我真的有幫助。貝瑟妮努力守規矩的時候，要餵食她會輕鬆得多。」

「好吧，放她進來。」怪獸說，一點都不高興。

貝瑟妮走進房裡，裡頭的氣味比她記得的還糟糕。她得拚命忍住才不會說出無禮的話。

「聽說你這陣子滿乖的，是真的嗎？」怪獸問，仔細端詳貝瑟妮，看她增加了多少體重。

「喔，是啊，我乖了將近四個小時。聽說你會變魔法，是真的嗎？」貝瑟妮問。

作為回應，怪獸扭動身子、發出嗡鳴，嘔出了一頂高禮帽和一組手帕，片刻之後，又嗝出一根玩具魔法棒。

「哇！」貝瑟妮說，「好酷！一點都不像我吐出來的東西！」

「閒扯夠了，」怪獸說，「你想跟我要什麼？」

貝瑟妮在房裡焦慮的繞了一圈。她把弄著毛衣，咬著拇指。艾比尼瑟納悶什麼讓她這麼緊張。

「所以不管我想要什麼，你都能給我？什麼都行？」她問怪獸。

「差不多。不過這點你早就知道了。快啊，跟我說你想要什麼。」

貝瑟妮站定不動，深吸一口氣，閉上眼睛提出要求。

「我想要……我爸媽。」她說。

「什麼？」艾比尼瑟在房間角落裡問。

「別插手，不干你的事。」貝瑟妮喝斥。她回頭面向怪獸，語氣充滿希望。「你能不能把我爸媽帶回來給我？他們兩個在一場火災裡死了。」怪獸聽到這番話，綻放笑容，三隻眼睛閃著喜悅的光芒。

「等等，貝瑟妮，」艾比尼瑟說，「抱歉，我之前應該先跟你說，怪獸沒辦法——」

「噓噓噓，艾比尼瑟！」怪獸斥道，「小女孩說得沒錯。你別插手，不干你的事。」

「那表示你辦得到嘍？」貝瑟妮問，「你可以幫我嗎？」

「當然可以！」怪獸說。

「欸，這不好玩，」艾比尼瑟說，「我真的覺得你們現在就應該住手。好了，我們——」

貝瑟妮和怪獸要艾比尼瑟安靜，他們兩個都罵他煩人。

「好了，貝瑟妮，」怪獸說，「要是想成功的話，我需要你跟我形容一下你媽咪和爹地的模樣。」

「我媽媽是個有大耳朵和八字鬍的男人，爸高高的，一頭金髮，」她說得興奮又急切，然後花了片刻想想自己剛才說的。「不，抱歉，顛倒過來才對。爸有八字鬍、大耳朵，媽高高的，沒八字鬍，耳朵不大。」

「太好了。他們的個性怎樣呢？你爸媽仁慈善良，還是殘忍惡毒？」

「絕對是仁慈善良！聽說他們是世界上最仁慈、最善良的……」貝瑟妮說不下去，因為喉嚨堵堵的。她從眼睛抹去兩滴熱淚。「你真的能帶他們回來嗎？」

「絕對的，」怪獸回答，「過來吧，站近一點，打開手臂做好準備。」

貝瑟妮奔向怪獸，大大張開手臂。

怪獸合上三隻黑色眼睛，閉上嘴巴。

牠扭動身子，發出嗡嗚，整個房間都是牠的聲音。接著，突然間，牠再次睜開眼睛，嘴巴一開，嘔出一大蓬煙。

貝瑟妮垂下手臂，黑煙團團包圍著她，害她又咳又嗆。她從泛淚的眼睛抹掉煙灰，困惑的抬頭望向怪獸。

「喔，是我弄錯了，除了火災的煙以外，這裡什麼都沒有。」怪獸說，當著她的面哈哈笑。
貝瑟妮並不喜歡這個笑話。她一語不發，離開房間。
「那樣太惡劣了！」艾比尼瑟在她離開之後說。雖然他不喜歡貝瑟妮，可是不覺得她應該受到那樣的捉弄。
「那是有必要的，我親愛的小子，」怪獸說，「那個女孩會很久都沒心情作怪或惡作劇。」
「可是我又不希望你做那種事！我希望你為了她守規矩，給她獎勵！」
「艾比尼瑟，我跟你說過，我會幫忙控制她，可沒說過我會很客氣。」
怪獸打了個哈欠。「現在走開別煩我，我想把眠補完。」

10 道歉

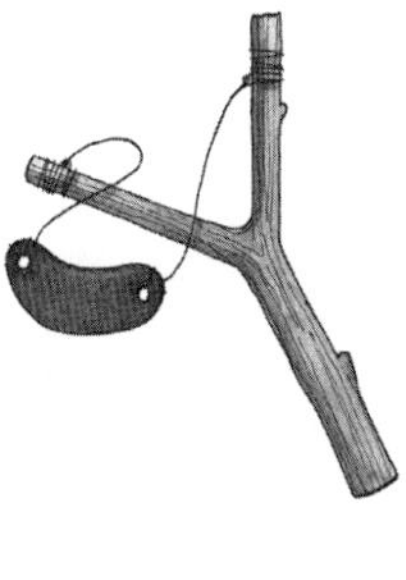

怪獸說得沒錯。貝瑟妮沒心情作怪了。她換掉衣服，清掉臉上的煙灰之後，坐在樓下悲傷的盯著虛空。她連看電視的精力都沒有。

艾比尼瑟看到這種情形時，體驗到一種奇特且陌生的感受。起初他以為腸胃出了問題，於是他灌滿幾個熱水瓶，將瓶子綁在腰間。然後，當這招不管用的時候，他以為自己一定是頭痛。他從其中一個冰庫裡拿出冰敷袋，纏在腦袋上。

一直到冰敷袋融化，熱水瓶冷卻，他才意識到出了其他差錯。不管他做什麼，都趕不走肚子深處一種不愉快的咬齧感。怎麼都甩不掉不舒服的感受。

艾比尼瑟又花了幾分鐘時間，才領悟到自己對於發生的事情有罪惡感。他知道自己理應覺得開心，他知道自己可能應該感謝怪獸幫忙控制住貝瑟妮。不過，不知怎的，感覺就是不對。他內心甚至有個部分希望貝瑟妮可以再開始惡作劇。

貝瑟妮應該得到某種道歉。怪獸不可能會向她道歉，於是艾比尼瑟決定他得自己來。

他上樓換上藍襯衫和淺米色長褲，因為他覺得一個人要道歉的時候，就應該這麼打扮。他回到樓下時，發現貝瑟妮在大門那裡等他。她穿著外套，捧著她從孤兒院帶來的那箱物品。

「啊，貝瑟妮，很高興看到你又開始活動了。我有事要跟你說。」艾比尼瑟說。

「我想說對不起。」貝瑟妮說。

艾比尼瑟有點震驚。他覺得自己可能得換穿別套衣服，才能應付這場對話。

「抱歉沒聽清楚，你剛剛說你想道歉？」

「對。可是不是對你。你能不能開車載我到孤兒院？」

艾比尼瑟詫異到沒有過度反應。他沒想到要問任何問題，直到兩人都上了車。

「你為什麼帶了你的箱子？」他問，一面扣上安全帶。

「因為這是我道歉的一部分。」她回答，沒扣上安全帶，「安靜，我必須練習。我從來沒道過歉。」

艾比尼瑟開車的時候，貝瑟妮默默對自己練習。經歷短短車程之後，他們抵達了孤兒院。

菲佐維小姐即將上完每日的「淑女笑容」課程。她要所有的女生成排站在遊樂場上，強迫她們咧嘴假笑。

「快啊，艾美，你可以做得更好！頂著那張苦瓜臉，沒人會愛你。」菲佐維小姐說。

「可是我的臉好痛。」艾美說著，把泰迪熊莉莉派小姐抓得更緊。

「別找藉口，要成為淑女，痛是必要的！我要你們都回到房間，盯著鏡子繼續練習。在牙齦流血以前，不准停下來。」菲佐維小姐說。

她把孩子們帶進主建築，最後一個孩子才走進去，她轉身便發現艾比尼瑟和貝瑟妮沿著車道走來。

她為艾比尼瑟端出她最棒的假笑（這番景象一點都不宜人），對貝瑟妮則發出了嘖嘖聲。

「我真希望自己可以說，我很訝異又在這裡看到你。你這次又做了什麼好事，貝瑟妮？」菲佐維小姐嘆氣。

「她什麼也沒做。」艾比尼瑟說。

這當然不是真的，可是艾比尼瑟覺得沒必要提起貝瑟妮的調皮事蹟。怪獸已經給了她足夠的懲罰。

「什麼都沒有？」菲佐維小姐問，「沒把瓷娃娃放進洗衣機裡？」

「一個也沒有。」他回答。

「沒有誰的屁股被強力膠黏在馬桶座上？」

「我很高興的說，我的屁股上一點黏膠也沒有。貝瑟妮很守規矩。」艾比尼瑟說。

貝瑟妮對著艾比尼瑟皺眉，相當困惑，不知道他為何睜眼說瞎話。菲佐維小姐也困惑的看著他。

「我們來這裡，是因為貝瑟妮想道歉。」艾比尼瑟解釋。

菲佐維小姐一副快昏倒的樣子，一時變得有點鬥雞眼，膝蓋搖搖晃晃。

「這是什麼把戲嗎？」她恢復平衡之後怒斥。

「才不是。如果是，就是爛把戲。」貝瑟妮說。

「這真是天大的好消息！」菲佐維小姐說，「可是當然了，我並不意外。我不是一直告訴你們，那些淑女課程總有一天會有回報的嗎？好了，讓我知道你什麼時候準備好。而且要記得，淑女的道歉總是要從小小的屈膝禮開始——」

貝瑟妮並未從小小屈膝禮開始。她拉長了臉。

「我來這裡不是要跟你道歉，」貝瑟妮說，「我來是要找傑佛瑞的。」

貝瑟妮捧著箱子衝進院內時，險些撞倒菲佐維小姐。艾比尼瑟扶起菲佐維小姐，讓她站好。

「真離奇。」菲佐維小姐說。

「謝謝，」艾比尼瑟說，以為她在稱讚他的藍襯衫和淡米色長褲，「這身裝扮是我自己搭配的。」

「抱歉，我指的不是那個，雖然你看起來很紳士。我是說貝瑟妮。這也太離奇了，事實上，令人難以置信。她一定是在惡作劇。」

「唔，這我不確定。」

「我確定。我花了好幾年時間要她表現得像個淑女，但她是無法改變的那些孩子之一。我可以看出這段時間給你不少壓力，看看你眼睛四周的皺紋。」

「請不要談那件事！」艾比尼瑟說。

對話戛然而止。艾比尼瑟以為菲佐維小姐會回到院內，投入工作，可是她毫無離開的徵象。

「你想貝瑟妮會要很久嗎？」他問，尷尬的交換雙腳之間的重心，好似尿急的人。他可以感覺隨著每分鐘過去，自己的身體越來越衰老。

「喔，是的，我想會的。從她入院以來，對傑佛瑞耍過很多卑劣的惡作劇。如果她真心要道歉，花上幾個鐘頭我也不意外——」

貝瑟妮回來了，打斷菲佐維小姐還沒說完的話。貝瑟妮衝出建築，步向車子，手裡不再捧著那個箱子。

「完成了！」她喊道，「我們走吧！」

艾比尼瑟向菲佐維小姐道別，朝貝瑟妮追去。藥水的效用逐漸退去，他發現要趕上她的腳步變得出奇困難。

「進行得如何？」他們回到車上的時候，艾比尼瑟問。

「嗯，沒有我想得那麼好玩。」她回答。

「你為什麼以為會很好玩？」

「因為大家都跟我說會。每個人總是要我說抱歉——他們說如果我很乖，我會覺得快樂許多。」

「你不覺得更快樂嗎？」

「一點都沒有，我還覺得更糟呢。現在沒漫畫可以看，也沒彈弓可以射了。」

「我可以理解你把他的漫畫還他，但為什麼要把你的彈弓給他？」他問。

「我跟他說，只要有人想偷他的漫畫，就可以拿彈弓對付那個人。我向他示範怎麼用，可是他不大會。真是笨蛋。」

貝瑟妮轉下她那側的車窗，又轉上來。然後又轉下去，再轉上來。

艾比尼瑟覺得這樣做非常煩人。「你能不能別再弄了，拜託？」他問。

「嗯，能啊。」貝瑟妮回答。

但她並沒有停手。她繼續轉上轉下、轉上轉下、轉上轉下，然後……

唔，她感覺無聊，就住手了。

「你怎麼認識怪獸的？」她問。

「很多很多年前，在我家後面的田野上——其實當時我差不多你這個年紀，」艾比尼瑟回答，「牠黏在我的鞋底。」

「哎喲！你的鞋子是有多大啊？」

「怪獸那時候比較小。起初我以為牠是小動物，可是接著牠開口說話，問能不能進屋裡。」

「大人怎麼說？菲佐維小姐都不讓我帶毛毛蟲和蜘蛛進屋裡。好煩喔。」

「大人，就是我爸媽，他們說不行，可是我還是偷偷帶牠進去了。我把牠藏在我們家頂樓的閣樓裡，帶吃的給牠。一開始牠吃的東西都不大。一有機會，我會帶我吃剩的晚餐去樓上給牠。牠一向喜歡吃肉。」

艾比尼瑟已經有好一陣子沒想起那段年少歲月。怪獸以前是個可愛的小東西，以某種醜陋、貪婪、邪惡的方式可愛著。

「牠吃得越多，就變得越大，」艾比尼瑟說，對著自己的回憶微笑，「隨著體型變大，牠變得更強大。長到足球那樣大小的時候，牠的力量全都回來了。怪獸會吐出小小的禮物給我——只是小東西，你知道的，像是槌球組或是迷你鼓具。作為回報，牠想要吃更有趣的餐點。」

「好意外喔。」貝瑟妮說。

「是啊，怪獸不是一直都那麼壞心，」艾比尼瑟點點頭，「隨著時間過去，牠只是變貪婪了。關於這個，我想說……欸……抱歉牠做了那件事，關於你爸媽跟煙霧，還有

其他的一切。我不知道牠打算——」

「我覺得意外的不是這件事，」貝瑟妮說，「我覺得意外的，是你爸媽明明說不行，你還是把怪獸帶進家裡。你看起來就像超級愛裝乖的那種人。」

艾比尼瑟差點撞車。

「我才沒有超級愛裝乖！」他喊道。

「有，就是有。我知道你跟那個煙沒關係，因為你太守規矩了。你應該要有雙鞋，上面寫著『裝乖先生[1]』。」

「我不是裝乖先生，我是搗蛋先生！」

貝瑟妮住口。她望著艾比尼瑟，抖著聲音問：「難道你跟那個煙有關係？」

「不，不——天啊，不是。我不是那種搗蛋法，」他說，「我說過，我非常抱歉，關於——」

「我真的、真的不想談那件事！」貝瑟妮怒道。

兩人沒再說話，直到把車開到屋前，艾比尼瑟忍不住好奇。

「最後一個問題，我保證，」他說，「你為什麼要跟傑佛瑞道歉？」

貝瑟妮嚼著下脣。

「因為我不想像怪獸那樣。」她靜靜的說。

艾比尼瑟把車停在屋外。貝瑟妮跳出來，衝到前門那裡。她注意到艾比尼瑟動也不動，於是又走回車邊。

「你在幹麼？」她問。

「準備開車去漫畫店，」他說，「你很乖，值得拿到禮物。」

「我可以改要寵物嗎？」她問。

「絕對不行，」他回答，「現在快上車，免得我反悔。」

---

1 裝乖的原文是「goody two shoes」，直譯為偽善、假正經的兩隻鞋。

11 漫畫和屁墊

兩個小時之後，艾比尼瑟和貝瑟妮回到屋裡，背上各扛一個布袋。貝瑟妮那個布袋裡裝的漫畫，講的是任性的小孩、愛惡作劇的人、喜歡毀掉公主派對的淘氣小妖精；艾比尼瑟背上那些快滿出袋子的漫畫，則是關於超級英雄和牛仔。

他們拖著布袋到前廳，埋頭讀了起來。兩人都沒講話，因為已經聊夠了。偶爾，其中一人會因為自己讀到的內容哈哈大笑，或是倒抽一口氣，另

SPOONMA
PINK GOBLIN
TRUE GIT
LUCKY LOUIS

一個人則會說「噓噓噓！」

艾比尼瑟看著漫畫，眼睛感到疲憊，文字和圖片變得模糊，他得去拿紳士用的單片眼鏡，這種鏡片自從一百年前退流行以來，他就沒再戴過。

「哈哈哈！你看起來好可笑。」貝瑟妮說，看到他透過鏡片瞇著眼睛。

「我還以為你努力要乖。」艾比尼瑟說。

「是啊。乖的人不是應該要誠實嗎？我說的是實話，那個東西讓你看起來好可笑！」

「你可能是對的，」他說，瞥見自己的倒影，「可是我不會戴太久的。等我喝了藥水，眼睛就會再健壯起來。」

艾比尼瑟走進廚房，替貝瑟妮準備一大份晚餐——可以讓她順利增肥，好讓怪獸享用。他在鍋子裡煎了一大塊紅肉，在另一個鍋子裡煮了一小籃的馬鈴薯。

「晚餐時間到！」一等餐點備好，他喊道。

貝瑟妮砰砰走到廚房桌邊，腋下夾著妖精漫畫。她一手撐開漫畫，另一手把馬鈴薯叉進嘴裡。

「看起來很有趣。」艾比尼瑟說。

漫畫的封面圖片裡有個穿橘色靴子、長著黃色尖牙的亮綠色妖精。

「不能給你，」貝瑟妮說，「這是我的。」

「我知道是你的，是我買給你的。反正我現在也不想要，等你看完了再借我就好。」

「不要。」

「不要？」

「對。不要。」

「你說不要是什麼意思？」

「我的意思就是——不要。」

「可是是我買給你的耶！」

「對，而且我說過謝謝你了——那很不符合我的作風——現在布袋裡的那些漫畫都是我的。」

「你沒有真的把『謝謝』跟『你』說出口。你的意思是，你的那些漫畫全部都不讓我看？」

「沒錯，我不喜歡分享。」

「唔，這樣的話，你也不能邊吃飯邊看。」

貝瑟妮聳聳肩，合起漫畫，開始將馬鈴薯迅速叉進嘴裡。

「如果我借你一本漫畫，你能不能給我一隻寵物？」她趁著叉食物進嘴巴之間的空檔問。

「貝瑟妮，我永遠、永遠不會給你寵物。別再問了。」

「可是為什麼？你不想知道養寵物的感覺嗎？」

「我已經知道是什麼感覺了。」他回答，表情有點不自在，「幾個世紀以前，我有隻迷人的柴郡貓，叫提波斯大人。遺憾的是，結局並不圓滿。」

「發生什麼事了？」她問，興味盎然，往前傾身，「是愛亂抓的貓嗎？愛亂抓的貓，我最愛了。」

「不、不、不——提波斯大人是個完美的紳士，生性善良而且毛茸茸的，直到怪獸決定要吃牠的那一天。」

貝瑟妮驚恐萬狀的彎起了嘴，可是艾比尼瑟還沒講完。他認為把他跟怪獸之間的關係真貌和盤托出，會給他一種新奇的感觸——況且，她也不會活得久到可以拿這件事做什麼。

「這樣你就知道，我之前說，怪獸會替那些守規矩的人變出禮物？唔，那是個差勁的謊言，」他說，「我拿食物給怪獸，牠用魔法藥水跟其他東西獎勵我。」

貝瑟妮的叉子從手中落下，鏗鏘落在地板上。她似乎沒注意到。

「怪獸很嫉妒提波斯大人，」艾比尼瑟解釋，「有一天，牠說除非我把那隻貓交出來，否則牠不會再給我藥水。」

「你那時怎麼回答？」貝瑟妮問，邊說邊噴出馬鈴薯屑屑。

「我說『再見了，提波斯大人！』然後把牠丟進怪獸的嘴裡，」他回答，「我愛那隻貓，可是我更愛自己。我不想讓衰老殺死我，只是為了救某隻動物。」

貝瑟妮失去了一些胃口。想到怪獸吃了提波斯大人，她不禁將盤子推開。

「我想我錯了。」她說。

「關於養寵物的想法嗎？」他問。

「不，是關於你。原來你不是裝乖寶寶。」

「哈！看吧，就跟你說過！」

看到貝瑟妮臉上的神情時，艾比尼瑟並沒有出現「哈！」那樣暢快的心情。她看著他的神情，有如大多數人看到怪獸那樣，眼裡帶著恐懼。

艾比尼瑟不喜歡這樣。他習慣大家害怕怪獸，可是不習慣大家害怕他。

「你知道怎樣？其實我覺得你說得沒錯。我想我是有點像裝乖寶寶。」

他滿懷希望的說。

「不，你不是。裝乖寶寶永遠不會把提波斯大人餵給怪獸。你是……你是……嗯，我不知道你是哪類的人，」她說，「你餵了很多貓給怪獸吃嗎？」

「同一種東西，怪獸不喜歡吃超過一次，」艾比尼瑟解釋說，「而且牠覺得貓的滋味不怎麼有趣。」

「你還餵了牠什麼?」她問。

艾比尼瑟回想他曾經拿給怪獸吃的所有東西——每樣古董、每種動物、所有異國來的生物,還有所有古老的工藝品。貝瑟妮依然用古怪的、略帶不自在的神情看著他,所以他決定不要跟她說太陰森的事情。

「喔,從這裡那裡拿到的幾樣東西,」他回答,「沒那麼可怕啦。」

「有沒有東西是怪獸不能吃的?」她問。

「幾天前牠說對喇叭過敏,可是可能只是在說笑。」他回答。

「我要餵牠一把喇叭,看看會怎樣,」貝瑟妮說,「希望牠會爆掉。如果牠爆開,那就是罪有應得,誰叫牠要那樣對我。」

「你不能做那種事。沒有怪獸,我就死定了!我不在乎牠對你嘔了多少煙。」艾比尼瑟說。

貝瑟妮不再說話,對於閣樓那件事的記憶還讓她受傷。

「抱歉，那不是我的本意。欸，我知道你不想談，可是我只想說最後一次，我真的很抱歉，發生了那種事，」艾比尼瑟說，「而且我知道你一定很想念你爸媽——」

「其實我並不想。」貝瑟妮說。

「不需要假裝你不想。沒關係的，如果你——」

「我不想念他們，因為我根本不記得他們，」貝瑟妮怒道，「事情發生的時候，我還很小，我不記得那場火災，也不記得孤兒院以前的生活。那就是為什麼我希望怪獸能帶他們回來，我想知道他們是怎麼樣的人。」

「喔，好，」艾比尼瑟說，「好，我明白了。我完全理解。」

艾比尼瑟無法想像，從來不認識自己爸媽是什麼感覺——他自己有過美妙無邊的童年。更重要的是，他想不出可以說些什麼讓貝瑟妮好過一點。

貝瑟妮從口袋掏出皺巴巴的照片，就是在海灘上拍的那張，有抱著嬰兒的八字鬍男人，以及沒有八字鬍、抓著報紙的女士。貝瑟妮把照片壓平，然後拿給艾比尼瑟看。

「我們的全家福只剩這一張。我就是在我爸懷裡，臭著臉的那個寶寶。」

「看起來跟你有點像，」艾比尼瑟說，再次瞅著那張照片，「你爸爸的眼睛有和你一樣淘氣的閃光。你媽媽看起來明理一點，讀報紙的人可能都滿守規矩的。」

「看仔細點。」貝瑟妮說。

艾比尼瑟把單片眼鏡舉在照片上方，將畫面裡的婦女瞧得更仔細。他看到報紙之間夾著一本看起來很傻氣的漫畫，也許她沒那麼明理。

「每天晚上睡覺前，我都會看著這張照片，想像他們是什麼樣子。有時候我會自己編造關於他們的故事，我媽媽是間諜，或者我爸爸是太空人。有時候我想像他們是一對探險家，還在想辦法從北極的危險任務回來。」貝瑟

妮說。

她露出憂傷的笑容。她願意把腦袋裡所有的故事，拿來交換一次跟他們面對面的機會，即使結果發現他們是她所見過最乏味的人。

爸媽對貝瑟妮來說都是陌生人。艾比尼瑟默默坐著，思索片刻，在腦袋裡搜尋神奇的文字組合，看看能否讓貝瑟妮感覺沒那麼糟。

最後他開口了。「你可以

留著所有的漫畫，完全不需要借我。如果想要，也可以在吃飯的時候看。」

這番話並不完美，可能也沒辦法讓貝瑟妮對父母雙亡這件事稍微釋懷，可是她似乎滿開心的。她咧嘴一笑，回頭去讀妖精的故事。

同時，艾比尼瑟覺得有點疲憊。在身體不停老化的情況下，日常活動讓他更加疲憊。他向貝瑟妮道晚安，開始慢慢爬上樓梯。

「等等！」貝瑟妮喊道，這時艾比尼瑟還沒走到二樓。她跑到他身邊，嘆口氣，「你的枕頭底下有三個放屁墊，還有一隻蟾蜍。你躺下去以前，可能會想先把它們移開。」

然後貝瑟妮跺跺腳，衝下樓梯，一副厭煩透頂的樣子。守規矩真不好玩。

12 早餐

隔天早上，艾比尼瑟醒來時，覺得渾身不舒服。他睜開眼睛，眼前的一切模糊不清。他得戴上單片眼鏡才能看到棉被。接著，他打起早晨的哈欠，手肘和手臂就像一組老舊的門那樣嘎吱作響。

他站起來，發現自己的雙腿搖搖晃晃。雙腿都還堪使用，只是在昨天晚上失去了大半的力氣，所以比昨天花了更久的時間才走到浴室，當好不容易走到的時候，他差點哭出來。

艾比尼瑟因為鏡子裡的倒影而難過，倒影中的男人因為上了年紀而滿臉皺紋。

為了讓自己感覺更糟，艾比尼瑟算起一夕之間出現在額頭上的皺紋數量，他數到八的時候，被怪獸的搖鈴聲打斷。

「今天真是漸入佳境啊。」他對著遍布皺紋的鏡子哀嘆。

艾比尼瑟舉步維艱爬上樓梯。在走向頂樓的路上，鈴聲越來越響，也越來越急。

即使艾比尼瑟已經在房間裡，怪獸還是持續搖著鈴，直到艾比尼瑟意有所指的咳了咳，怪獸才停下來。

「以熱比司吉之名，你為什麼花這麼久時間？」怪獸啐道，心情不怎麼愉快。

「真是抱歉，我的腿今天早上動作有點遲緩。」艾比尼瑟回答。

怪獸三隻黑眼牢牢盯住艾比尼瑟。牠放聲大笑。

「响、响、响，喔，艾比尼瑟，沒了藥水，這就是你真正的模樣嗎？」牠說，「天啊，五百一十一年不怎麼善待你，是吧？」

艾比尼瑟老年的新樣貌真的逗樂了怪獸。牠笑了又笑，最後狂咳起來。

艾比尼瑟走過去，平穩的拍了拍怪獸的背。怪獸咳出了幾樣文具（一把尺、一把量角器，以及一包鉛筆），接著恢復正常。

「你不應該逗我笑得這麼厲害的，艾比尼瑟！」怪獸不悅的說，「你知道這對我的胸口有多不利。說真的，你頂著那副樣子上樓以前，應該先警告我一下。」

「抱歉，可是我的樣子也有點震撼了自己。我沒辦法給你多少警告，因為我完全不知道醒來會變成這副模樣。我不記得我上次這麼久沒喝藥水，是什麼時候的事。」

「是一九〇二年四月，」怪獸說，「當時你花了好久時間才帶那隻巴斯克維爾獵犬來給我吃。可是我不記得你那時候有這麼老態龍鍾、這麼腐朽。」

「說到藥水，我想你是不是有可能提前給我一點？」

「對、對、對，那就是我搖鈴叫你來的原因。那孩子狀況如何？」

「其實她狀況還不錯，可以說好多了。她沒有我原本想的那麼糟糕——她昨天向某個人道歉了，而且她沒讓我睡在蟾蜍上，所以……是的，我會說有進步了。」

這番話並未打動怪獸。牠不在乎貝瑟妮為了成為更守規矩的人，所經歷的情緒旅程。牠只想知道那孩子現在是否大到可以吃了。

「上回看到她的時候，她似乎圓了點，」怪獸說，「骨頭上有更多皮膚，臉頰也比較多汁。你表現得不錯，艾比尼瑟。」

艾比尼瑟臉紅起來。能夠得到怪獸的讚美，總是一種美好的驚喜。

「而且你也知道，從那隻會唱歌的鸚鵡以來，我一口東西都沒吃過，」怪獸說了下去，「我的胃開始咕嚕叫了。」

「喔，真可憐，」艾比尼瑟說，「你應該早點說的。也許你想先來個小點心？」

「我寧可要一個胖孩子，艾比尼瑟！我要怎麼說，你才會明白？」

艾比尼瑟胸口一緊，開始不安。

「乖，去把那孩子帶來，」怪獸說，「順便搭配一點特級的香料沾醬，我希望這道菜有濃郁的風味。」

「不！」艾比尼瑟脫口而出。

「香料沾醬用完了是嗎？真煩人。唔，我想，來幾罐水果醋醬也可以。」

「不！我不要！不管是搭香料沾醬，或配水果醋醬，我都不要！」艾比尼瑟眨眨眼，為了自己的回答而震驚。他以前從未對怪獸說不。

怪獸嚴厲的瞪著艾比尼瑟，三隻黑眼閃爍著怒意。

「請不要告訴我，你對那個頑童有了感情。我今天已經笑夠了。」怪獸說。

艾比尼瑟思考自己在做什麼，他想不通自己著了什麼魔。他為什麼想幫貝瑟妮？他振作起來。

「我還沒講完，」艾比尼瑟說，「我說我不要，意思是我『現在』不要，今天不行。是這樣的，不管你在貝瑟妮身上灑多少水果醋醬或昂貴的香料沾醬都沒用，因為我想她還不適合讓你吃。再給我一天養肥她。」

怪獸眼裡的怒氣頓時消散無蹤。

「謝天謝地，你差點讓我擔心了，」怪獸說，「我還以為寵物事件又要重演了。那隻貓叫做什麼？特拉伯[1]夫人之類的？總之，我很高興你做了對的事。」

「別擔心，我從來沒有做錯事的機會。」艾比尼瑟說。

「好，好。不過我今天真的不能吃她嗎？我覺得肚子又要咕嚕叫了。」

「相信我，等待是值得的，」艾比尼瑟說，「同時，預付藥水的事情，我們決定得如何……」

「我們決定，你要等我吃了那孩子才能拿到藥水，提早一點都不行！」怪獸說。

艾比尼瑟隱藏自己的失望，走到門口。在他離開房間之前，說：「對了，那隻貓不叫特拉伯夫人，牠叫提波斯大人。」

艾比尼瑟走下樓的時候，喉嚨堵堵的。幾個世紀以來，他頭一次發現自

1 原文是Lady Trouble，trouble是麻煩、禍事的意思。

己想著提波斯大人，他想起發生過的一切，心情相當沮喪。

他對他人突然湧現關懷之情，這點真是非比尋常。艾比尼瑟可以看出自己的行為相當古怪，尤其是牽涉到貝瑟妮。他相當喜愛提波斯大人，所以偶爾覺得難過，這點可以理解，可是對於貝瑟妮就說不通了，他不覺得自己喜歡她。

艾比尼瑟應該直接把貝瑟妮交給怪獸。這樣就省得扯那些謊，說她還不適合吃，而且也可以快點拿到藥水。現在，他必須跟她共度一整天，還得拖著老邁的身軀吃力活動。

艾比尼瑟納悶，自己為什麼表現得這麼怪異。對於拿東西餵食怪獸，他通常不會有什麼顧忌，他為什麼沒把貝瑟妮帶上樓？

艾比尼瑟責怪自己的身體。老年人對事情總是比較感性，對他人的關懷可能是皺紋和雙腿無力的副作用。他確定等拿到藥水，這些不尋常的感受都會消失不見。

艾比尼瑟走進廚房，迎面就是貝瑟妮的鼾聲。她以海星的姿勢面朝下趴著，皺巴巴的漫畫像毯子似的蓋滿全身。

艾比尼瑟端出好幾碗麥片粥、好幾壺柳橙汁、一籃又一籃的可頌麵包和迷你瑪芬糕。他拿起湯匙敲打燉鍋，將貝瑟妮叫醒。

他在早餐桌邊坐下，發現貝瑟妮留了東西在他的位子上。是那本封面穿著橘色靴子、一口黃牙的亮綠色妖精。她在上頭放了張便利貼，寫著：

好啦，可以借你。

可是如果你不還我，

我就毀掉你所有的套頭毛衣。

艾比尼瑟相當感動。他不記得上次有誰借他任何東西。

「謝謝你。」他對貝瑟妮說。她在桌邊睡眼惺忪的坐下。

「套頭毛衣的事，我是認真的，」她說，「如果你沒在一個星期內還我，我就把你的毛衣都拿去餵蛾。」

貝瑟妮拿起一只盤子，放上兩塊葡萄麵包，還有半打的迷你瑪芬糕。艾比尼瑟注意到，她的體重增加了不少，要是怪獸看到貝瑟妮，肯定會當場吃了她。

「也許你今天不必吃這麼多，」艾比尼瑟說，「如果你吃健康一點，可以活得更久。」

「滾蛋。」貝瑟妮說，接著往嘴裡塞了兩個瑪芬糕。

13 桶子清單[1]

艾比尼瑟並未滾蛋。他拒絕離開自己的座位，並往自己的碗裡舀了些麥片粥，藉此違抗貝瑟妮。

於此同時，貝瑟妮替自己做了個壓碎瑪芬三明治——這是她最近發明的餐點。她在葡萄麵包頂端放了藍莓瑪芬，用拳頭壓成碎片，接著在頂端疊上另一塊葡萄麵包。她將整份東西拿起來，小心翼翼，不讓丁點碎屑逃離，然後用貪婪的三口，狼吞虎嚥吃個精光。

這個景象真驚人，艾比尼瑟不知道自己該覺得佩服還是驚駭。他看著她的時候，意識到這將是她人生的最後一天。明天，她就只會是怪獸肚皮底下消化過的一餐。

「你看什麼看？」貝瑟妮問。

「抱歉盯著你看。」艾比尼瑟回答。

「如果你想要，我可以替你弄一份。」她說著便抓起另外兩塊葡萄麵包，「你想要哪種口味？藍莓還是巧克力？」

「喔，不，我不用，謝謝。」

貝瑟妮的臉一沉。她覺得失望。

「弄吧，我來試一個，」艾比尼瑟說，「藍莓，麻煩了。」

1 Bucket list 字面翻譯是桶子清單，一般譯為願望清單、遺願清單。

貝瑟妮的臉又彈回原位。她拆掉一個瑪芬的紙，將瑪芬痛毆至死，再將屍體撒在兩塊葡萄麵包之間。她將成品端給艾比尼瑟時，神情流露一絲緊張。

艾比尼瑟一咬下去，就知道這東西會很難吃。大家通常不會拿瑪芬來做三明治，是有道理的。

「你覺得怎樣？」貝瑟妮問，滿懷希望。

「很『美味』，」他說謊，「真的很棒。」

「太好了！」貝瑟妮樂得滿臉發光，「我再替你弄一份！」

「喔，不、不、不——拜託，不用，我已經飽了。」

貝瑟妮聳聳肩，回頭去吃自己那份壓垮瑪芬三明治。為了讓滋味更美妙，她還沾了沾麥片粥，然後立刻後悔做出這個決定。

艾比尼瑟看著貝瑟妮，再次想到她即將到來的死亡，他推出一個結論：她不是個百分百恐怖的人。說到底，能夠跟別人分享漫畫跟不尋常的三明治配方，這樣的人內心肯定有一點點的善。

「如果這會是貝瑟妮人生的最後一天，」艾比尼瑟心想，「那麼我要確定她過得很不錯。」

「你有桶子清單嗎？」他問她。

「我什麼清單也沒有。如果有，也不會寫在該死的桶子上。」

「不，我不是那個意思。」

「你明明就是那樣說的。你下次開口以前應該先仔細想清楚。」

艾比尼瑟繼續解釋，桶子清單跟桶子一點關係都沒有，而是跟死亡有關。他解釋說，大家都有死前想做的事，而這些事情，不管是想到的或寫下來的，就組成了一個人的個人桶子清單。

「真蠢，」貝瑟妮說，「應該叫做死亡清單才對。」

「這種清單就叫桶子清單，因為頭一個列出這種清單的人，對桶子很狂熱。他人生有個目標，就是要打造全世界最大的桶子——大到可以容納一整座山的岩石。」

「結果他辦到了嗎？」

「沒有，遠得很。他做出的桶子幾乎裝不下一顆鵝卵石。可是，是這樣的，那就是桶子清單的重點。很少有人能夠完成人生中所有想做的事。」

貝瑟妮納悶，艾比尼瑟為何對談論死亡突然起了這麼大興趣。她注意到，他的模樣比昨晚衰老許多。

「你快死了還是怎樣嗎？」她問，語氣裡夾雜一絲氣惱，彷彿她認為艾比尼瑟選擇死亡，是種自私的行為。

「天啊，沒有。」艾比尼瑟說，然後想了想又補充，「唔，其實我想我的確快死了。目前，我正走在死於衰老的路上。可是等怪獸給我藥水，全部都可以挽回。」

「什麼時候？」

「明天吧，我想。不過，總之，這件事談夠了，我想知道『你的』桶子清單上有什麼。」

貝瑟妮因為聚精會神而蹙起眉頭。

「我想可能有一兩件事。」她說。

貝瑟妮的清單上不只有一兩件事，艾比尼瑟試著確保他們盡可能完成越多越好。有幾件她想做的事並不實際，像是搭乘果醬做成的直升機到月球去，不過還是有不少事情他們可以一起完成。

那天以走訪白金漢宮作為開場。貝瑟妮聽說女王的騎兵衛隊（一身紅通通，戴著大大蠢帽子的傢伙）從來不在公開場合哈哈笑，她想看看是真是假。

她要艾比尼瑟在路途中停車買本笑話集，當他們抵達高聳的柵門外頭時，她開始朗讀。值勤中的騎兵衛隊臉皮紋絲不動，連淺笑都沒有，即使聽到更滑稽的一些笑話，像是……

你怎麼稱呼魔法小狗？

拉布天靈靈地靈靈拉多。

還有：

你怎麼稱呼一頭不重要的大象？

無關緊象。

甚至是……

為什麼那個打高爾夫球的人穿兩件褲子？

免得他一件褲子上破了洞[2]。

連一聲輕笑也沒有，貝瑟妮好失望。她覺得要等到把騎兵衛隊員逗笑了，才能把白金漢宮從桶子清單上刪除。艾比尼瑟看出這點，決定出手幫忙。

他開始用手帕搔騎兵衛隊員癢。

2 高爾夫球的術語，表示一桿進洞。

不過，還是毫無動靜。騎兵衛隊受過精良的訓練，即使艾比尼瑟加重用手帕逗弄的力道，依然一聲不吭。

女王的男僕領班博金斯現身，使得搔癢行動戛然而止。他通知貝瑟妮和艾比尼瑟，女王對他倆的行為非常不滿，不再歡迎他們跟她的騎兵衛隊交談。

「白痴！」兩人走開的時候，貝瑟妮對艾比尼瑟大喊，「現在我永遠沒辦法逗任何一個笑了！」

事實上，貝瑟妮暴跳如雷，拿那本笑話書猛敲艾比尼瑟的屁股一記。艾比尼瑟毫無心理準備，立刻面朝下仆倒在地。

「哃哃哃！」

貝瑟妮和艾比尼瑟詫異的回頭一看。兩人都可以發

誓，笑聲來自那個騎兵衛隊員，可是他沒有留下一絲曾經笑出來的痕跡——又恢復一臉嚴峻，就是騎兵衛隊的一號表情。

「你想剛剛那個算數嗎？」艾比尼瑟問。

「喔，算，絕對是他發出來的。」貝瑟妮說。

艾比尼瑟和貝瑟妮伸手擊掌。他們原本正準備離開，卻臨時決定留下來，因為他們注意到皇家儀隊正要上場表演。

儀隊從宮殿正門起步，穿過高聳的柵門，往外走到公共表演場地。他們正在演奏一首喜氣洋洋的歌曲，慶祝女王最鍾愛的那隻柯基犬半歲生日。

一切都進行得無比順利，儀隊成員全都一副對自己非常滿意的樣子。可是接著表演戛然而止，因為貝瑟妮似乎出手攻擊了銅管樂區的一個成員。

博金斯返回現場，從那位儀隊成員身上挪開貝瑟妮。他遞了張女王的信箋給她，上頭寫著：

女王陛下正式要求你，
停止在她的住所外面逗留。
從今以後，如果你可以不要前往所有的皇家據點，
她會非常感激。

「你什麼？」貝瑟妮問。
「那表示我們必須滾蛋了，貝瑟妮。」艾比尼瑟解釋。
艾比尼瑟和貝瑟妮回到車上，迅速駛離宮殿。艾比尼瑟藉機要貝瑟妮解釋，以軟糖蛋糕之名起誓，她到底在想什麼。
「我想拿他的喇叭。」貝瑟妮說。
「他的喇叭？」

「對啊——這樣我就能塞進怪獸的喉嚨。對我嘔過煙的人，絕對不能逍遙法外。」

「請不要，」艾比尼瑟說，「我要再次提醒你，因為有怪獸，我才能活下去。」

貝瑟妮並未承諾要遵循艾比尼瑟的指示。開車回家的路上，他們又劃掉了貝瑟妮桶子清單上的其中兩項：他們開車到餐廳的得來速窗口，點菜的時候裝成俄國人，然後單靠汽車喇叭編了一首曲子。

艾比尼瑟原本以為今天會悲慘到底。他想像完成貝瑟妮桶子清單這項任務會很無聊，充滿了幼稚無趣的活動。當他意識到自己玩得很暢快的時候，相當訝異。他決定，如果以後還得餵小孩給怪獸吃，絕對也要讓那個孩子享受桶子清單日。

「所以，接下來呢？」艾比尼瑟問，為了下一項活動興奮不已。

「我想你知道。」貝瑟妮說，咧嘴笑著。

艾比尼瑟停下來思考，貝瑟妮一直保密沒提的，會是什麼樣令人歡喜的邪惡活動。

「打惡作劇電話嗎？」他提議。

「不是，不過那個還滿讚的——我們加進清單吧。我接下來想做的……是弄一隻寵物來。」

「貝瑟妮，弄一隻寵物來沒有意義。你只能照顧牠一天。」

「為什麼只有一天？」貝瑟妮很疑惑，「明天會發生什麼事？」

艾比尼瑟腦袋快速轉動，納悶自己要怎麼把話收回。如果她發現自己明天就要被活活吃掉，真的會毀掉這一天。

「我是說，你在屋子裡養寵物，最後一定會被怪獸吃掉，」艾比尼瑟說，「記得提波斯大人的事。」

「我才不會讓牠吃我的寵物！」貝瑟妮宣告。

「怪獸會命令我把寵物帶給牠，這件事我別無選擇。」

「胡扯，」貝瑟妮說，「用不著怪獸說什麼，你就做什麼。」

「恐怕就是得這樣。如果不，我就會死於衰老。怪獸完全控制了我。」

「也許你死了，還比被那個東西呼來喚去好。」她怒道。過了五秒鐘左右，她補了句，「抱歉，我沒有那個意思。」

氣氛從此變了調。那天所有的歡樂都慢慢從車上消散出去。

「別擔心，」艾比尼瑟說，「我知道要理解這件事很難，可是我和怪獸……我們互相需要。好了，除了寵物，你清單上還有什麼是我們能做的？」

「我真的、真的想要一隻寵物，或者至少看看動物就好。我們能不能去動物園什麼的？」

「很遺憾，我們不能，因為我最近才接到動物園長的終身禁止入園令，」

艾比尼瑟說，「不過，我倒是有個點子……」

14 無鳥的籠子

艾比尼瑟帶著貝瑟妮走進鳥店。不久，身型魁梧、個性討喜的鳥店老闆現身迎接。

「哈囉，哈囉，歡迎來到全世界最精緻，也最特別的鳥店！」他總是用這句話來問候所有的新客人。

「你不認得我們了嗎？我來過這裡好幾次，你也賣過蟲子給貝瑟妮啊。」艾比尼瑟說。

鳥店老闆細看艾比尼瑟的臉，彷彿在檢視稀有小鳥的羽毛。最後，他恍然大悟。

「喔，原來是杜威色先生！」他說，「抱歉沒早點認出你，可是你的模樣跟平常不同。你是剪了頭髮嗎？」

「不，只是身體失控了。別擔心，我很快就有藥水可以修正這件事。」

「好的，」鳥店老闆說，不大確定該怎麼回應。他將注意力轉向貝瑟妮，「你欠我十條蟲子，小妞。你給我的那個背包根本沒用。」

「那些蟲子也沒用啊。牠們一直從傑佛瑞的鼻孔扭出來，」貝瑟妮說，「我想要再來五條，拜託。」

「那我想要全新的背包！」

「那我勉強接受兩條半。」

「你什麼都拿不到！」

鳥店老闆納悶，艾比尼瑟為什麼挑了這麼愛強詞奪理的孩子。他確定孤兒院有好上許多的孩子可以選。

「抱歉打岔，」艾比尼瑟說，貝瑟妮正準備把自己的提議降低到一又四分之三條蟲，「可是我們的時間有點緊張。你介意我們直接進入正題嗎？」

「當然，」鳥店老闆說，「可是如果你來是為了十姊妹，那麼我恐怕一隻也不剩了。科薩克夫婦今天早上把最後幾隻都買走了。」

「不、不、不——跟那個無關。其實，跟任何特定的鳥類都無關。我們沒有要買東西。」艾比尼瑟說。

鳥店老闆臉一沉。對於艾比尼瑟登門造訪，他最愛的就是最後會拿到的錢。

「我朋友貝瑟妮想看一些動物，我們希望來場比逛動物園更私人一點的行程。我們在想，也許你能提供我們一場鳥類導覽？」艾比尼瑟問。

這個要求相當奇特，不曾有人要求鳥店老闆這麼做過。

「我很想幫忙，杜威色先生，真的。可是我有生意要做。如果你今天不打算買什麼，那麼我恐怕幫不上忙。鳥類導覽不是我——」

艾比尼瑟往櫃臺放了一疊紙鈔，讓鳥店老闆安靜下來。

「可是你是這麼好的顧客，我很樂意幫忙，杜威色先生！」鳥店老闆臉上堆滿笑容，「進來吧！」

「你剛剛說我是你朋友嗎？」他們被領到店面後側時，貝瑟妮問艾比尼瑟。

「是啊，我想是吧，」他回答，「有趣的是，我不記得上一次說誰是我朋友了。」

「真是魯蛇一個。」她哈哈笑。過了幾分鐘後，她補充：「我想我以前也沒有過真正的朋友。如果你想要，你可以當我的頭一個朋友。」

艾比尼瑟停下腳步，一種非凡的溫暖感受從頭頂延伸到腳趾頭。

「動作快啦，魯蛇！」貝瑟妮回頭喊道。

導覽行程的頭一隻鳥是鸊雉。這種鳥很罕有，而且臭烘烘，翅膀上長著爪子，頭頂的羽毛細細尖尖的。

「你想餵牠嗎？」鳥店老闆問。

貝瑟妮堅決的點點頭。

「替我把收銀臺旁邊的那些花拿過來吧。」

「我想鮮花也不會減少牠的臭味。我們拿些香水過來，不是更有用嗎？」艾比尼瑟提議。

貝瑟妮帶著花回來——令人賞心悅目的花束，有紫丁香、黃水仙、香豌豆。鳥店老闆打開鸊雉的籠子，打手勢要貝瑟妮把花放進去。

鸊雉興奮的瞪大眼睛，鼻孔撐大。牠朝花朵嗅了一兩下，然後張開嘴

喙，開始狼吞虎嚥把花吞下肚。艾比尼瑟倒抽一口氣，貝瑟妮咯咯發笑。

「鸊雉是南美洲的草食動物。」鳥店老闆解釋。他看到貝瑟妮一臉困惑，於是補充，「草食動物基本上表示牠們不吃肉，喜愛花朵和植物跟那類的東西，其實這也是牠會發臭的部分原因。」

「吃植物讓牠發臭嗎？」貝瑟妮問。

「算是。牠的胃像乳牛一樣，食物消化得非常緩慢，結果就釋放很多難聞的氣味。我養了好多年，因為一直找不到想要把這個氣味帶進家裡的客人。總之，我可不是整天都閒著，該看下一隻了。」

下一隻是個長嘴喙、紅眼睛的生物，黑羽毛，腳爪利如剃刀。牠籠子上的標示寫著：「凶猛出奇的老鷹」。

「那個名字是個玩笑，」鳥主人解釋，「事實上，這隻鳥可能是整棟建築裡最溫柔的一隻了。跟大多老鷹不同，牠不是掠食者，其實不怎麼需要食物，一顆葡萄就可以讓牠撐過一整個星期。說到這個……」

鳥店老闆從外套口袋拿出一顆綠葡萄，遞給貝瑟妮。他將凶猛出奇的老鷹從籠子裡帶出來，溫柔的放下，讓牠棲在貝瑟妮的肩膀上。

「你確定這樣好嗎？」艾比尼瑟問，他看著利如剃刀的鳥爪。

「相信我，貝瑟妮再安全也不過。」鳥店老闆回答。

「對啊，少管閒事。」貝瑟妮補了一句。

她撫搓著凶猛出奇老鷹的黑色羽毛，餵牠吃那顆葡萄。凶猛出奇老鷹嘴喙周圍浮現喜悅的小小笑容，牠用翅膀搓搓肚皮，看起來就像吃了五道菜大餐的人。

「那真的可以撐整個星期？」貝瑟妮問。

「喔，是的。如果牠吃更多，就會不大舒服。這個物種演化到最後，幾乎不吃什麼就能活下來。」鳥店老闆說。

貝瑟妮用手指撫過鳥的爪子，又回頭輕撫牠的羽毛。撫搓幾下之後，鳥兒閉上雙眼，發出輕柔的鼾聲。

「凶猛出奇的老鷹一定覺得跟你在一起很自在。」鳥店老闆說。他將凶猛出奇的老鷹輕輕從貝瑟妮的肩膀移開，放回籠子裡。「牠可不會隨便在誰身上睡著。」

導覽的下一個項目是長尾小鸚鵡；一對圓滾滾、顏色鮮豔的小鳥，牠們處得很好，老闆只願意成雙成對販售。接著是害怕陌生環境的信鴿，再來是嗡嗡叫的鳥、嘖嘖叫的鴨。鳥店老闆讓貝瑟妮一一抱過這些小鳥，餵牠們吃東西。

艾比尼瑟從未見過模樣這麼開心的小孩。他很驚訝，無關惡作劇和出言不遜的事，貝瑟妮竟然可以得到這麼多樂趣。他判定，值得讓她帶其中一隻回家。

「我一直在想，」他對她說，她正在餵翠鳥吃蟲子，「如果我們讓牠很安靜，確定不會被怪獸發現，也許我們就可以逃過一劫。」

貝瑟妮雙眼一亮。「你的意思是……」她問。

「是的，如果你想要，我們可以帶一隻回家。」他回答。

現在換鳥店老闆的雙眼一亮。「你們想要哪一隻？」他問，「價格都非常合理。」

貝瑟妮望著之前的那些小鳥。她喜歡看長尾小鸚鵡互相興奮的啁啁叫，嘖嘖叫的鴨子逗得她笑不停，不過，只能有一隻雀屏中選。她指著兇猛出奇的老鷹。

「絕佳的選擇，」鳥店老闆說，「在鳥食上，也可以省下好大一筆錢，杜威色先生。我現在就去帶牠過來給你們。」

「等等，」貝瑟妮說，「剩下的導覽呢？」

鳥店老闆嘆口氣。他急著拿到錢，匆匆忙忙把剩下的小鳥介紹給貝瑟妮和艾比尼瑟。他沒讓貝瑟妮抱鴿子，因為他說牠們漂亮歸漂亮但太過無聊，不會引起她的興趣，也沒提供關於巨嘴鳥的任何有趣點滴。

他們走到最後一個鳥籠時，鳥店老闆說：「唔，這個不需要任何介紹。」

最後一個鳥籠是空的，上頭的標示寫著：「派崔克」。

「是一隻隱形鳥嗎？」貝瑟妮問，定睛往籠子裡面看。

「杜威色先生！你該不會還沒把派崔克介紹給她吧？」鳥店老闆問。

艾比尼瑟一臉難為情，接著視線垂向地板。

「誰是派崔克？」貝瑟妮問。

「欸，是全世界最罕見，最美妙的小鳥之一！」鳥店老闆驚呼，「是溫特羅島紫胸鸚鵡，全世界剩下不到二十隻。派崔

克什麼歌都會唱；人類的歌、小鳥的歌和其他一切。你請牠唱貓王的歌給你聽了沒，杜威色先生？」

「沒有，沒有，我沒有。」艾比尼瑟說，依然拒絕將視線從地板移開。

「你應該請牠唱的。〈燃燒的愛情〉這首牠唱得很不錯。」

貝瑟妮走到艾比尼瑟面前，輕拍他的手臂。他不理她，很清楚接下來會怎樣。他希望可以迅速帶著凶猛出奇的老鷹離開這裡，就不用回答任何棘手的提問。可是貝瑟妮一直拍他，最後艾比尼瑟的目光終於離開地面。他滿眼懊悔。

「派崔克怎麼了？」貝瑟妮問。

「嗯……他恐怕……唔，已經……不在了。」他說。

「什麼！」鳥店老闆驚呼，下脣因悲傷而抖動，「怎麼可能？牠是我所認識最美好，最真誠的小鳥了！」

聽到這番話，房間裡所有懂人話的小鳥都非常不悅。

「我就是不懂！」鳥店老闆說了下去，「牠這麼善良，這麼健康，怎麼會發生這種事？」

「我想我知道，」貝瑟妮小聲的說，「而且我想並不愉快。你的小鳥都很棒，可是我想我不要帶任何一隻回艾比尼瑟的家了。」

15 窮困的孤兒們

一天裡的氛圍竟然可以說變就變，真叫人驚奇。不到五分鐘前，他們還覺得人生相當快活。

「我現在不覺得人生哪裡快活了。」鳥店老闆哀嘆。

「我也不覺得。」貝瑟妮說。

「我一點也不快活。」艾比尼瑟補充。

就像大多不快活的人，他們三個都想要一點獨處時間，跟自己的思緒面

對面。他們最不想要的就是與人對話，所以當他們聽到店門打開時，心裡煩躁至極。

「你好！」有個聲音喊道，爽朗得令人氣惱。當你覺得不快活時，最糟糕的事情莫過於必須面對好心情的人。

艾比尼瑟、貝瑟妮和鳥店老闆踉踉蹌蹌走出來應門，發現那個爽朗聲音的主人正是菲佐維小姐，她捧著一只箱子翩翩來到。他們全都發出哀嘆，但菲佐維小姐看不出自己的出現並不受歡迎。

「大家好！」菲佐維小姐說，「唔，至少對你們當中的兩位啦。」她瞥見貝瑟妮的時候，補了一句。「你剪了頭髮嗎？杜威色先生？」

「不，我只是個老不死。」他暴躁的回答。

「什麼風把你吹來的？」鳥店老闆問，甚至更暴躁。

「問得好！」菲佐維小姐尖聲說，熱度持續不墜。「答案是，我想給你一個對自己感覺良好的機會。」

鳥店老闆一聽便打起精神。

「你可能已經知道，在給紳士風度的男孩與淑女風範的女孩學院，我們想要為孩子付出的不一定可以實現，」菲佐維小姐說，「錢都花在餵飽孩子，替他們張羅衣物，讓他們繼續就學，剩下沒多少資源可以招待他們好東西。」

「從來沒有。」貝瑟妮喃喃說著。

菲佐維小姐瞇細眼睛，但說了下去，「是的，唔，他們當中『有些人』表現良好的時候，我們不一定能夠給予他們應得的禮物跟獎勵。」

「對於買不起禮物的人來說，你的辦公室看起來好得不得了。」

「我是個淑女，杜威色先生，我已經習慣淑女等級的用品。我的奢華生活風格是孤兒院必要的花費。」菲佐維小姐說。

鳥店老闆逐漸失去興趣。他最愛的小鳥死因可疑，他看不出現在的談話哪裡可以幫助他感覺更好。

「好了，你可能在納悶，這一切跟你有什麼關係，」菲佐維小姐繼續說，處理當前迫切的議題，「唔，我正在走訪這一帶所有的商家，問他們有沒有東西能夠捐出來給我們。」

菲佐維小姐把箱子放在櫃臺上，展示受贈的其中幾樣物品。箱子裡的物品包括麻朵小姐糖果店的十二包甘草糖，一疊當地圖書館不要的書、擠奶人送的一瓶全脂牛奶，還有科薩克夫婦戲劇學校的喇叭三件組。

「所以現在我來到你這裡，」菲佐維小姐對鳥店老闆說，「你有沒有東西想要送給最需要的人？」

「可是菲佐維小姐，這裡是鳥店耶！」鳥店老闆抗議。

「這幾乎無所謂，」菲佐維小姐說，「當然了，在你的店面裡，一定至少有一樣東西是你可以分享的吧？」

一般來說，這樣的要求永遠不會對鳥店老闆起任何作用。他是個精打細算的生意人，沒有免費送出小鳥的習慣。不過，這一天，他突然有個美妙的點子。

鳥店老闆走到店面後側，幾分鐘之後帶著麝雉回來。他把麝雉放在菲佐維小姐的箱子裡，露出笑容。

「這是你的了。」他說。

小鳥的臭氣頓時襲來，菲佐維小姐皺起鼻子。「你有沒有什麼更……紳士或更淑女的東西？」她問。

「沒有，就只有這個。」鳥店老闆回答，「你不想要嗎？」

「喔，要，我們當然想要，」菲佐維小姐說，「說不要也太沒禮貌了。只是，嗯，唔，其實這個箱子滿重的，所以也許我稍後再回來拿，呃，這隻可愛的……真的好可愛的小鳥。」

「沒關係，我會替你留著。你什麼時候回來？」鳥店老闆問。

「喔，唔，其實，你知道，我的行程排得很滿，有那些孤兒……還有其他孤兒。你應該先把那隻可愛的……真的好可愛的小鳥……放回原來的地方，等我把這些東西都分給孩子以後，再回來拿。」

「這真是太好了，」鳥店老闆嘀咕，「這隻鳥連免費送人都送不走。」

艾比尼瑟和貝瑟妮悶悶不樂的向鳥店老闆道別，離開了這家店。他們走到車子那裡，詫異的發現菲佐維小姐跟了過來。

「有什麼要幫忙的嗎？」艾比尼瑟問。

「我還以為你永遠不會問！」菲佐維小姐說著便一把跳進副駕駛座，

「預告一下，我只能留下來喝一杯。孩子們預計我很快就會回去。」

艾比尼瑟坐進駕駛座，貝瑟妮則爬進後座，依然憂鬱到連踢菲佐維小姐的椅背都沒有。

「留下來喝一杯什麼？」艾比尼瑟問。

「一杯茶啊！」菲佐維小姐吼道，「淑女絕對不會在晚間以前喝更烈的東西。」

「是，」艾比尼瑟說，「所以你要跟我們一起回去，是嗎？」

「欸，是啊，當然了！你必須先幫忙我填滿這個箱子，然後再載我回孤兒院。」

他判定自己在這件事上別無選擇，於是開車載著大伙兒回去。整趟路上，菲佐維小姐確保大家沒有片刻安寧，她對著艾比尼瑟說個沒完。儘管對她所說的內容，艾比尼瑟連假裝有興趣都懶，但她依然滔滔不絕。

「對了，傑佛瑞問起你，」他們下車時，她對貝瑟妮說，「雖然我想不通，在你對他做了那些事情以後，他怎麼會想跟你扯上關係。」

貝瑟妮沒有回應。等他們進了屋裡，貝瑟妮宣布她要「自己」去客廳看點漫畫。

「你知道的，貝瑟妮，問『我能不能看點漫畫？』才比較有禮貌。你應該尊重一下杜威色先生。」菲佐維小姐說。

「滾蛋，菲佐維小姐。」貝瑟妮說。

「你說什麼！」菲佐維小姐說。她望向艾比尼瑟，期待他處理這件事。

「貝瑟妮，對我們的客人禮貌一點。」艾比尼瑟嘆口氣。

「好啦。」貝瑟妮說。她走到菲佐維小姐面前，直直望著她的眼睛。

「滾蛋，菲佐維小姐，麻煩你。」

貝瑟妮前往客廳，艾比尼瑟則走向廚房，留下菲佐維小姐啞口無言，像金魚一樣嘴巴開開合合。

「什麼茶？」艾比尼瑟喊道，「伯爵、大吉嶺、薄荷、杏仁塔、綠、白、紫或蜜檸檬？」

「是。」菲佐維小姐說。

艾比尼瑟聳聳肩，從不同的茶盒裡各拿了茶包，塞滿了馬克杯。同時，菲佐維小姐四處看了看。

「這間房子真了不得，一定有不少東西適合我和我的箱子，」她說，熱切的抬眼順著樓梯往上望，「可以開始參觀了嗎？」

「這裡有十五層樓，我的腿滿累的。」艾比尼瑟說。

「那我們最好立刻開始！」菲佐維小姐說。她開始登上階梯，沒等艾比尼瑟進一步回應。

參觀期間，菲佐維小姐會走進某個房間，對她所看到的一切品頭論足，偶爾拿一兩件東西放進自己的箱子，然後繼續走往下個房間。艾比尼瑟雖然懷抱著極大的耐性，但當他們抵達十一樓的時候，他保持冷靜的能力受到了考驗。

「這顯然是大錯特錯，」菲佐維小姐說，「你買這些畫作的時候在想些什麼？那個女人的鼻子前後顛倒，那個骷髏竟然在抽菸！這種畫作不大適合家庭，是吧？」

菲佐維小姐走到《金髮男孩》前，就在這裡，情勢變得真正高張起來。

「這是什麼鬼東西！」她說，「我看過孤兒用手指畫出更有趣的東西，這棟屋子極度需要加點淑女的風格。」

「這間房子什麼都不需要加！」艾比尼瑟說，「《金髮男孩》是人類產出最優秀的畫作之一。你的孩子會願意剁掉手指，就為了換取一個像那樣作畫的機會！」

「你一定要立刻冷靜下來，杜威色先生，」她說，給他一抹「你真是個調皮男孩」的神情，「紳士永遠不發脾氣。」

他們繼續參觀，往上走三段階梯。對於沒看到什麼值得收進箱子的東西，菲佐維小姐開始失去耐性。

「那是最後一層了嗎？」她問，指著通往怪獸房間的階梯，「我的箱子都還沒裝半滿呢，時間也過得太快了！」

艾比尼瑟想的恰恰相反，納悶時間是否為了惹惱他，刻意走得特別緩慢。他站在那段階梯前面，阻擋菲佐維小姐繼續往前。

「其實呢，我們要在這裡止步，」他說，「上頭沒有東西是你會有興趣的。」

菲佐維小姐理都不理他，擠過艾比尼瑟身邊，大步爬上階梯。

「我想這由我自己來判斷，多謝你了，」她說，「那裡可能是你儲存所有好東西的地方。」

「不，等等——停！」艾比尼瑟喊道。

他試著追上她，但他的腿動得不夠快。她猛的推開嘎吱作響的老舊門片，朝房間裡一指。

「這裡有什麼東西？」她問。

16 吵雜的布簾

「不關你的事。」艾比尼瑟說。

「看起來像是一對紅絲絨布簾。」菲佐維小姐說。

她走過去，看得更仔細。她在指間摸了摸柔軟華麗的布料，嗅了一下。

「欸，杜威色先生，這跟我的辦公室太搭了！」她說，然後趕緊糾正自己的失誤。「我的意思是，跟孤兒院太搭了，當然了。所有的孩子都喜歡布簾，這是眾所皆知的事。」

「太好了，」他說，「我會替孤兒院的每個房間都買一組這樣的布簾。我們立刻下樓吧，這樣我就可以拿錢給你。」

可是菲佐維小姐還沒搜索完畢。她再次朝著布簾彎身，將耳朵貼上去。

「後面有什麼東西嗎？」她問，「我敢發誓我聽到聲音了。是某種悶哼、抽鼻子的聲音。」

「那個聲音不是悶哼，也不是抽鼻子！」怪獸說，聲音響亮滑溜，「這個聲音來自一個雄偉美麗的存在，而這樣的存在會擴展你對人生的定義！」

菲佐維小姐望向艾比尼瑟，她不習慣自己對人生的定義被擴展。作為回應，艾比尼瑟翻了翻白眼。

「盡可能往後站遠一點，菲佐維小姐，」他說，「不要大喊，不要尖叫，不要發出任何刺耳的噪音。等下的場面會有一點震撼。」

「杜威色先生，那些布簾後面不會有什麼東西，是我沒看過一千遍的。」

她說。

艾比尼瑟將布簾拉開。菲佐維小姐盡量做出毫不震驚的樣子，但是她依然倒抽一口氣，拿著馬克杯的手也鬆開，杯子碰上地板，碎了一地。她趕緊恢復平靜，竭力表現出沒什麼大不了的樣子。

「啊，是的，」她說，看著怪獸，「我想我以前看過這類的東西，在巴黎的時候。」

「不可能。」怪獸聲音滑溜的說。

「也許是在布達佩斯度假的時候。」她說。

「我想除了這個房間之外，你不可能在布達佩斯、巴黎，或全世界的其他地方看過這樣的東西，菲佐維小姐。」艾比尼瑟說。

「為什麼？這是罕見的生物嗎？」菲佐維小姐問。

「我是我族類的最後一個。」怪獸吹噓。

身為孤兒院院長，菲佐維小姐習慣應付失去家人的孩子。她對怪獸說了同樣一套話，她跟每個穿過孤兒院大門的人都這麼說。

「你千萬不要哀嘆和埋怨。大家都在人生某一刻失去了某個人，如果你想要小題大作，就是很煩人、很自私的行為。」她說。接著，為了減輕衝擊，她問：「你的同類都怎麼了？」

怪獸望向自己的肚皮，綻放笑容。菲佐維小姐不懂牠的暗示，於是回答：「很高興你能夠平常心以待。你很明理。」

「除了明理之外，我還怎麼樣？」怪獸問。

菲佐維小姐望向艾比尼瑟。他並未伸出援手。

「唔，你是灰色的，眼睛黝黑，而且體型很大。」她說。

「我才不大！我又瘦又美，我最近一直在運動！」怪獸說，「而且那不是我的意思。告訴我，我是什麼『樣子』。」

「抱歉，可是我不知道。我們才剛認識。」

這不是怪獸想聽的話，可是菲佐維小姐不在乎。「你的清潔用具收在哪裡？」她問艾比尼瑟，「淑女絕對不會丟著這一團亂不管。」

「三樓。從階梯那裡往右走，第五道門——就在文具套房隔壁。」他回答。

「沒必要一路走到樓下那裡。」怪獸說。牠合上眼睛並閉起嘴巴，然後發出嗡鳴，晃動身體，最後嘔出了畚箕和掃把。

「哎喲喂呀！」菲佐維小姐說，用了她將近二十年沒講過的詞，「你怎麼辦到的？」

「很簡單，」怪獸回答，「所以。你現在覺得我怎樣？」

「你挺有意思的。而且我必須說，剛剛那個真令人佩服，」菲佐維小姐興沖沖的說，「要是你表現得當，我可能會把你收進我的箱子。」

「很好，」怪獸輕聲說，「這個答案好多了。」

「我想帶孩子們來看這個——對他們來說會是很有趣的經驗。」她說。
「我不認為這個做法很恰當！」艾比尼瑟連忙說。
「我覺得棒極了。」怪獸說，兩根舌頭舔舔嘴脣。
「我也覺得。別擔心，我確定我們很快就能說服杜威色先生。」菲佐維小姐說。
她彎下身子，開始將馬克杯碎片掃進畚箕裡。才掃了三下，她的工作就被一聲粗嘎的低吼打斷，聲音來自怪獸的肚子。
「我滿餓的，」怪獸解釋，臉上帶著淺淺的邪笑，「艾比尼瑟殘忍極了，讓我好一陣子都沒東西吃。」
「杜威色先生！那樣真的太沒紳士風度了！」菲佐維小姐說。
「不過我們千萬別太苛責他，」怪獸說，「他過去幾天都在幫我準備一頓絕對可口的餐點，所以他也沒那麼糟。」

「唔，這還像話一點，」她說，「你喜歡吃些什麼？」

「各式各樣的東西。我並不挑嘴，向來喜歡嘗試新東西。」怪獸說。

「這種態度太棒了。我真希望院裡有更多孩子有你這樣的胃口。他們有時還真是不知感激。」

菲佐維小姐將地板打掃乾淨時，怪獸的肚子又發出兩聲低沉的哀鳴。

「把這個拿去最近的垃圾桶，杜威色先生。」她說著便把畚箕遞給艾比尼瑟。

「呃，好。你何不陪我一起下樓——馬上——我會帶你看看桶子放在哪裡！」艾比尼瑟回答。

「喔，還沒必要離開，」怪獸說，「只要放回我的肚子裡就可以。我不介意。」

「馬克杯的碎片不會傷到你嗎？」菲佐維小姐問。

「我的肚子很強健，過來瞧一瞧吧。」

菲佐維小姐走過去，怪獸把嘴巴張得大大的。她將畚箕和掃帚放進牠嘴裡，然後將腦袋探進去，認真瞧了一瞧。

「為什麼底部有那麼多紫色羽毛？」她問。

怪獸張開的嘴巴彎成了笑容。接著，牠用兩根舌頭纏住菲佐維小姐，將她拖進自己的肚子裡。

「不！立刻把她吐出來！」艾比尼瑟喊道。

這番呼籲毫無作用。怪獸朝菲佐維小姐喀滋咬了下去，最後房裡只剩怪獸開心的呼嚕聲。

人生在世的五百一十一年裡，艾比尼瑟從未見過這麼恐怖的事情。

「真是美好的點心，」怪獸說，「你帶這麼一個點心上來給我，真是體貼，艾比尼瑟。」

17 不便

「別再用那種表情看我了，」怪獸說，「你表現得好像以前沒看過我大吃一頓似的。」

艾比尼瑟臉色蒼白得有如一杯稀薄的牛奶。他的手指抽搐，膝蓋顫抖。

「從……從……從沒看過你吃人。」他支支吾吾，話語穿插在一連串深沉刺耳的呼吸之間。

「人類、貓咪、溫斯頓．邱吉爾的雕像——這些都一樣。我不知道你幹麼那麼激動，」怪獸說，「不過，我一定要說，這個滋味還真美妙。嗯嗯嗯！這就是我所希望的一切！」

怪獸綻放笑容，往下瞅著飽漲的肚皮。牠嗝出了菲佐維小姐的耳朵，耳朵沿著地板彈彈跳跳，落在艾比尼瑟的腳邊。

「行行好，丟回我嘴裡吧，」怪獸說，「那是我整頓飯最愛的部位之一，當然排在指甲和膝蓋骨之後。」

艾比尼瑟沒把耳朵丟回怪獸的肚子裡。事實上，他動也不動——只是繼續顫抖，驚恐萬分盯著怪獸。他的心跳飛快，整個胸膛都在搖晃。

「喔，好，好吧，」怪獸說，「我想你說得對，我不應該先壞了胃口，明天還有大餐呢。」

「所以……你還是想吃貝瑟妮？」艾比尼瑟問，「你會不會太飽，沒辦法享受她？」他懷抱希望問道。

「欸，想，我當然還是會吃她，你這個蠢蛋。那個叫花左哇可什麼的女人只是前菜！」怪獸說，「而且我一定要說，我還滿急著嚐嚐主菜的，看看更年輕、更新鮮的肉是什麼滋味，會滿有意思的。」

「我必須下樓去。」艾比尼瑟說。

「好主意，你必須躺一下。你看起來狀況不好，老小子。」

艾比尼瑟捧起菲佐維小姐的箱子，走下樓去，可是他沒躺下來休息。他直接走到他的思考室去，那是一系列裝潢豪奢的房間，位於八樓。他坐在多張思考椅裡的其中一張，花了片刻接受自己剛剛目睹的恐怖情景。

艾比尼瑟看過怪獸吃下各種活生生的動物——從袋鼠寶寶到灰毛老北極熊到貓咪提波斯大人；也看過牠咬下並撕扯好幾樣古物。旁觀怪獸用餐，從來不是什麼愉快的事，可是都不曾像他方才目擊的狀況。

他並未主動把菲佐維小姐送進怪獸嘴裡，但也不夠努力阻止這件事發生。這陣子以來，他一直為了讓怪獸享用貝瑟妮而做準備，現在，他意識到自己即將讓類似的事情再次上演。

肚子深處有種燒灼咬齧的感覺，他花了幾分鐘時間才弄明白，自己的罪惡感又湧了上來。

當你終於意識到，自己的行為一直很惡劣時，那種震撼有時還滿令人難受的。感覺有點像是當你照鏡子，卻發現穿了一整天的豹紋連身服，其實並不適合自己。

肚子裡的燒灼咬齧感讓艾比尼瑟越來越痛苦，他開始想起多年來曾經帶給怪獸吃的所有東西。那些曾經在他耳邊發出的哀鳴、尖叫和啁啾，還有在他眼前閃過的每張詫異的臉龐。

艾比尼瑟向來把怪獸視為邪惡的勢力，將自己當成別無選擇的助手。不過，此時，他意識到這並非實情。每一次他為了拿到藥水或禮物而決定幫忙怪獸，就是犯下了恐怖的惡行。過去五百年來的任何一個時間點，他都可以選擇停止幫忙怪獸，可是他一直都那麼自私殘忍。

這股罪惡感強到令人難以招架，艾比尼瑟覺得自己再也不能繼續坐著不動。他必須做點什麼來打斷自己的這串思緒，於是他捧起菲佐維小姐的箱子往樓下走去。

艾比尼瑟在三樓稍事停留，去了他指定為哭泣室的地方一趟，之後再往一樓走去。他走進樓下的起居室，想看看電視來轉移注意力，接著才意識到，貝瑟妮已經占據了最舒服的沙發。

令他很驚訝的是，她竟然不是在看漫畫。她盤著雙腿，一臉不悅，四周丟滿了蠟筆和紙張。

「你怎麼可以那樣？」她問，眉頭緊蹙。

艾比尼瑟嚥了嚥口水，納悶她怎麼會這麼快察覺菲佐維小姐的事。

「我真不敢相信，你竟然把那個會講話又會唱歌的鸚鵡餵給怪獸。」她繼續說，「那樣做很爛。」

艾比尼瑟如釋重負嘆了口氣，將箱子擱在地板上，往沙發上一坐，就在貝瑟妮旁邊。

「是，是很爛沒錯。」他說，「我很抱歉。我知道我這輩子做過一些很惡劣的事，我真希望可以重來一次。」

貝瑟妮很驚訝。她原本以為對方會為自己辯解，事先並沒做好面對道歉的心理準備。

「對，唔，好，」她說，「我寫了封信告訴你，你這個人有多糟糕。」

她拿起其中一張黃色紙，遞給艾比尼瑟。他讀了起來。

親愛的傑佛瑞，

聽說你想到我。我想讓你知道，我
也在想，也許你不是那麼糟糕的討厭鬼。
如果你有空，想找個下午一起看漫畫——

「不是那張啦！」貝瑟妮說，意識到自己的失誤。她一把搶走那張紙，試圖隱藏臉紅。

她在沙發上找到正確的那張，檢查兩次、三次、四次，確定正確無誤之後才遞過去。艾比尼瑟仔細瞅著那張紙。

「抱歉，我一個字也看不懂。」他說。

「我也是，」貝瑟妮說，努力要讀，「抱歉，我生氣的時候，字就寫得不大好。我想，我只能直接跟你講我想說的。」

貝瑟妮清清喉嚨，起身站在牆上那個巨型電視底下，彷彿正要表演一場秀。

「把動物餵給怪獸吃很不好，尤其是會講話會唱歌的鸚鵡。事實上，為怪獸做任何好事都不好，因為牠是個恐怖、邪惡、卑鄙、惡劣、差勁的東西。」她繼續，「你是個壞人，因為你幫了怪獸，可是你也是我所認識最好的壞人。

「你人很好，送了我那些漫畫，還讓我不管在什麼時候，想吃什麼就吃什麼。今天的桶子清單日，可能也是我這輩子最棒的日子之一。所以，嗯，關於那點你做得很好。我不喜歡擁抱，可是如果你想要，我願意讓你拍拍我的腦袋。」

貝瑟妮往前跨一步，彎下腦袋。艾比尼瑟配合的輕拍一下。

「最重要的是，」她做結語，「你替怪獸做過的那些事，我都可以原諒你，因為從我搬進這間房子以來，你還沒餵牠任何東西。我會努力更守規矩，我想你也應該試試看。我們在一起，也許可以幫忙對方變成好人。你覺得怎麼樣？」

艾比尼瑟愣住。他知道，當個好人表示要說實話。

「怪獸餓了，你是菜單上的下一個。我之所以領養你，是為了要餵一個孩子給怪獸吃，」他說，「對於造成這樣的不便，我真的非常非常抱歉。」

18 笨白痴

艾比尼瑟把事情一五一十都告訴貝瑟妮了。他解釋說，當初之所以領養她，是因為她看起來似乎是個糟糕的女生，活該被吃掉。他告訴她，他之所以餵她堆積如山的食物，是因為怪獸想吃胖嘟嘟的東西。

要他實話實說，就已經相當艱難，但對貝瑟妮來說，要把這番話聽進耳裡，更是難上加難。

「可是為什麼？」艾比尼瑟講完以後，她只說得出這句話。

「因為我想從人生中得到唯一的東西，就是更多人生，」他苦澀的說，「我想要更多物品、更多壽命、更多美貌——更多一切！你是個孩子，不知道變老有多麼可怕。這就是我最大的夢魘。」他指著自己的垂老身軀，「我一直很怕老化，很怕失去自己的相貌，很怕在有機會做盡想做的一切以前就死去。所以當怪獸給我機會繼續活下去，只要用一些小小的人情作為回報，我馬上就答應了。」

「小小的人情？」貝瑟妮說，聲音細小，「餵牠吃一個小孩才不是小事。」

「一開始不是這樣的。起初，怪獸只是要我帶點有趣的東西給牠吃——幾盤烤牛肉、一兩個雞肉派那類的東西。後來牠想知道，吃活的東西感覺如何？起初是昆蟲，然後是老鼠和鴿子那類的小動物。隨著體型變大，牠的胃口也跟著變大。

「有幾次我覺得很不自在，像是提波斯大人那次，可是對我來說，我的生命向來比其他一切更重要。」

「那我呢？我是另一個提波斯大人嗎？」貝瑟妮問。

「不。你比提波斯大人糟糕多了，」他回答，「提波斯大人是一隻善良又高貴的貓，而你……你卻覺得毀掉畫作、偷走漫畫、索討超量的巧克力蛋糕很有趣。如果你跟提波斯有一丁點相像，那麼我絕對不會在孤兒院挑中你。」

貝瑟妮是個個性剛強的女孩，可是還不夠剛強到能忍住眼中溢出的淚水。聽到有人覺得你活該被吃，從來不是件好事。

「可是……可是我以為你喜歡我？」她問，聲音發抖。

「我原本不喜歡。其實，我本來還滿期待把你送給怪獸吃的。」艾比尼瑟說。更多淚水從貝瑟妮的雙眼淌下，一聲啜泣逸出她的喉嚨。艾比尼瑟站起來嘆口氣。「不過，為了某種連我也不懂的荒謬原因，我現在喜歡你了。」

貝瑟妮抬起頭，噙滿淚水的眼睛閃現一絲希望。

「很遺憾的，你並沒有我希望的那樣糟糕，」艾比尼瑟解釋，「而且，我想，跟你相處起來還滿有趣的。我想也許，只是也許，雖然聽起來很蠢，如果你不在，這棟房子和我的人生感覺可能會有點空虛。」

艾比尼瑟和貝瑟妮面面相覷，綻放笑容。接著貝瑟妮朝他的肚子出了一拳。

「你這個笨白痴！」她喊道，又送上一拳。她一直打到他往後跌在沙發上。她抓起一個抱枕，開始猛打他的腦袋。「你好大膽子，竟然想把我餵給怪獸！你好大膽子，竟然敢說我的那些壞話！」她說，一次又一次猛打他的腦袋。

這下子輪到艾比尼瑟流出淚來。他從來就不大能應付疼痛。

貝瑟妮不斷又打又喊，又打又喊，直到手臂和聲音再也無法擊打和吶喊。她癱倒在艾比尼瑟身旁，上氣不接下氣，罵人的話全都用完了。兩人坐在原地一陣子；艾比尼瑟掉著疼痛的淚水，貝瑟妮則釋放氣憤的眼淚。

「我們現在要怎麼辦？」淚乾以後，她問。

「逃走吧，」他回答，「沒別的辦法了。」

「我們要逃去哪裡？」

「不確定，還沒有很認真思考這個計畫。」

貝瑟妮漾起笑容。從某個地方逃走，是她

的桶子清單上剩下的最後幾項之一。

「我們真的必須離開這棟房子嗎？」她問，「怪獸又不會追過來。」

「怪獸想去哪裡都可以，誰也不曉得牠肚子裡還藏了什麼花招。不，你留在這裡太危險了。上樓去拿個行李箱，小心不要讓怪獸察覺目前的狀況。」

貝瑟妮到四樓，去了一趟行李室。搜尋幾分鐘過後，終於挑中一只黑色帆布背包，和上頭印著「P. B.」首字母縮寫的棕色小行李箱。

「那些字母代表什麼？」她回到樓下時問。

「Peruvian Bear（秘魯熊）或之類的。行李箱的主人是一個迷人的小傢伙，我大約一年前把牠帶來給怪獸，」艾比尼瑟說完後頓住。「天啊，我真的是個很糟糕的人。」

貝瑟妮在樓上的時候，艾比尼瑟已經在樓下的起居室裡蒐集了一堆東西，是他認為她可能用得上的。那堆東西包括換洗的衣物、幾片巧克力蛋糕、一副望遠鏡，以及一把蒼蠅拍。

艾比尼瑟走到保險箱那裡，就在其中一個冰箱後方，裡面整整齊齊放著一疊疊一千英鎊的紙鈔。他拿紙鈔塞滿貝瑟妮的背包，直到拉鍊幾乎快爆開。

「這裡大概有一百萬英鎊，希望能讓你撐過兩三個星期。」他說。

「你為什麼這麼有錢？」貝瑟妮問，「你搶過銀行嗎？」

「不，都是從怪獸那裡來的。好了，噓，沒時間回答問題了。」他說。

艾比尼瑟將那堆東西收進貝瑟妮的行李箱，然後又添了幾樣東西，包括她還沒讀的漫畫和一包餅乾。最後，他將菲佐維小姐的箱子也拿過來。

「這裡面有什麼你想要的嗎？」他問。

「我還以為我們沒時間回答問題了。」她回答。

「噓，沒時間開高明的玩笑了，愚蠢的玩笑也不行！」

貝瑟妮往箱子裡瞧，裡頭裝了十二袋甘草糖、沒人想要的書、牛奶（現在已經開始發臭）、三把喇叭、各式各樣菲佐維小姐試圖為自己的辦公室所偷來的東西。裡頭沒什麼值得隨身帶著的東西。

「這些菲佐維太太不會想要嗎？」貝瑟妮問，「她人呢？」

「她恐怕已經死了，」艾比尼瑟說，「抱歉，我應該早點告訴你的。怪獸吃了她，我阻止不了。你難過嗎？」

貝瑟妮並不難過。她從沒喜歡過菲佐維小姐，或是菲佐維小姐對淑女舉止的執迷，所以她不真的覺得傷心，但她認為也許她應該要傷心。

「喔，嗯，當然了，」貝瑟妮說謊，「非常傷心。」

艾比尼瑟也沒那麼喜歡菲佐維小姐，可是他覺得自己必須跟著一搭一唱。「唉，她走了真是可惜，」他說，「她是那麼好的一個人。」

兩人靜默了一兩分鐘，納悶要等多久才能轉移話題，貝瑟妮率先打破沉默。

「我真的不喜歡被吃掉聽起來的感覺。」貝瑟妮說。

「對啊，被吃掉的聲音通常很可怕。很多尖叫和呼喊。很高興能幫你逃過一劫。」

「我們要去哪裡，你決定好了嗎？」她問。

「我們哪裡都不去。你得自己走，」他說，「誰也不曉得，怪獸發現真相以後，會做出什麼事來。我會留在這裡轉移牠的注意力。況且，我的身體已經老到沒辦法逃跑了，我只會拖慢你的腳步。」

「可是我走了以後，你會發生什麼事？」

「我可能會替自己泡杯紫茶，然後上床去。然後，我想，到了明天的某個時間，我就會到死者之地跟菲佐維小姐會合。」

貝瑟妮倒抽一口氣。她知道艾比尼瑟越變越老，可是她不知道他只剩這麼少的時間。

「喔，不必擔心啦，」他說，「活五百一十二年也夠了。來吧，快走吧。」

艾比尼瑟替貝瑟妮打開大門，比手勢要她離開。他端出最勇敢的表情——決心不要透露他有多害怕死亡——可是並未成功。貝瑟妮直接看穿了他。

「我不走。」她說。

「你得走，」他說，語氣堅定，「我命令你離開。」

貝瑟妮聳肩抖掉背包，清空行李箱，將所有的東西都倒在地板上。她猛力甩上艾比尼瑟使勁撐開的大門。

「我從來就不大會聽人指示，」她說，「而且我才不要讓你孤孤單單死掉。」

19 艾比尼瑟的終結

艾比尼瑟隔天早上醒來，替自己感到難過。他求貝瑟妮快走，可是她卻斷然拒絕。每一次試著跟她理論，她只是交叉手臂，對著他猛吹覆盆子。

艾比尼瑟替自己感到難過的另一個原因是，他的模樣和感覺都像是幾世紀前就應該死去的人。他的四肢疼痛，眼睛幾乎不管用（即使把單片眼鏡塞進眼睛裡），而且渾身上下沒有一處不是布滿皺紋。

他很樂意在床上度過那一天，一面呻吟，一面沉浸在悲傷裡，但貝瑟妮

另有想法。她衝進房裡，拿著燉鍋，開始用木湯匙猛敲。

「醒醒，醒醒，醒醒啊！」她大喊。

「我已經醒了，別煩我。」他呻吟。

貝瑟妮才不會順他的意。她開始在床上蹦蹦跳跳，繼續猛敲鍋子。艾比尼瑟費盡力氣但意興闌珊的坐起身。

「有什麼事？」他問。

「我想救你的命。我昨天整晚醒著沒睡，想了一些點子。」貝瑟妮說。

她往口袋裡撈撈找找，拿出一球皺巴巴的紙。

「親愛的傑佛瑞……」她開始唸，然後才領悟自己拿錯了，又從後側口袋撈出另一張紙。「點子一：我們帶你去醫院。」

「醫生幫不了我，只有魔法藥水可以。人是不該活到五百一十一歲的，你知道吧，」艾比尼瑟回答，「還有，我不喜歡醫院或醫療器材。」

「好吧。點子二：我們為什麼不拿別的東西而不是我，餵給怪獸吃？」

「已經試過了，」艾比尼瑟說，「牠恐怕只對你有興趣。」

「嗯哼。唔，無所謂，反正我的第三個也是最後一個點子很棒。我們為什麼不想辦法逼怪獸給你藥水？」

艾比尼瑟嘆口氣。他望著貝瑟妮，納悶她要怎麼制伏一個什麼都可以吞下肚的魔法生物。

「我的想法是這樣的，」她說，「我們去孤兒院，借一些小孩出來。那裡有我這樣的孩子——不怕打架的調皮小孩。然後，如果你買些彈弓和爛蘋果給我們，我們可以一起衝上樓，對怪獸發動攻擊，直到牠把你需要的東西給你。你覺得怎樣？」

「簡直胡扯。就任何層面來說都不會有用，」艾比尼瑟說，「誰也沒辦法強迫怪獸做任何事情。」

「好吧，我剛剛想到第四個超級邪惡的點子。」她開始說。

「很高興知道這點，可是我不確定我想把在地球上的最後一天，花在聽永遠不管用的點子上。我們下樓吧。」

說來容易做來難。艾比尼瑟花了大約二十分鐘才從床上站起來，又花了足足半個鐘頭，才慢慢走進了浴室。好不容易到了浴室，卻沒力氣刷牙，於是貝瑟妮從水槽那裡抓起牙膏，擠了點進他的嘴巴。

艾比尼瑟繼續慢慢走，在貝瑟妮的攙扶下，成功下了樓。等他們走到廚房時，他已經筋疲力竭。

「你想吃什麼？」貝瑟妮問。

要回答這個問題，困難到出奇。選擇自己在地球上最後一頓早餐要吃什麼，是件奇怪的事。艾比尼瑟滿腹疑問。他想吃燕麥粥嗎？選可頌麵包會比較好嗎？他應不應該大費周章，款待自己一點點炸醃魚？

艾比尼瑟拖延太久，貝瑟妮逕自替他做了決定。她端出一盤壓扁瑪芬三明治，以及一杯紫茶。這些並不是艾比尼瑟想吃的，但他還來不及抱怨，他們的早餐就被一個刺耳的噪音打斷。

怪獸搖響了鈴。

艾比尼瑟和貝瑟妮的臉色變得有點蒼白。兩人都盡量不去理會那個聲音，可是感覺就是不對。艾比尼瑟過去五百年來幾乎每次鈴響都會回應，貝瑟妮則發現，自己怎樣都無法不理那個打算吃掉她的生物。

鈴繼續響個不停。

艾比尼瑟的心在胸膛裡怦怦跳，皺起的眉梢湧現汗珠。貝瑟妮咬唇想阻止自己害怕的放聲尖叫。兩人都極度渴望鈴聲可以停下來。

接著，過了大約十分鐘之後，鈴聲停了。但一片靜寂更糟糕，讓他們不得不懷疑，怪獸正在打什麼恐怖的算盤。

「你想牠在幹麼？」貝瑟妮問。

「計劃牠的下一步。」艾比尼瑟回答。

他們豎耳傾聽，看看鈴是不是又響了，可是鈴聲遲遲沒來。

「那可能是好消息，不是嗎？」貝瑟妮問。連她都不相信自己講的話。

「是，我想一定是。」艾比尼瑟說，即使他知道自己口是心非。

艾比尼瑟咬下壓扁瑪芬三明治，他的心神集中在怪獸上，無力擔憂人生最後一頓早餐的滋味。

「也許這就表示，怪獸被困在樓上？」貝瑟妮問。

「也許吧，」艾比尼瑟回答，「或者可能表示——」

他們的早餐再次被打斷，但這一次的聲音更接近，也更令人不安。寶寶平臺鋼琴正在彈奏一首曲子，就是怪獸嘔出來，好讓艾比尼瑟放在客廳窗邊的那架。聲音響亮且缺乏旋律，像是貓咪被丟在鋼琴鍵盤上會發出的噪音。

貝瑟妮和艾比尼瑟面面相覷，滿心困惑，然後起身去察看。他們走近鋼琴的時候，音樂變得更大聲、更憤怒，樂器上的鍵盤似乎有了自己的生命。

「這怎麼可能呢？」貝瑟妮問。

「是怪獸弄的，」艾比尼瑟說，「牠一定多少能夠控制自己創造出來的東西。」

接著，彷彿同意艾比尼瑟的觀點，鋼琴開始走路。琴腳用力磨擦，在地上留下深深的記號和刮痕，朝著貝瑟妮和艾比尼瑟而來。鋼琴的動作緩慢而不協調，但還是相當嚇人。

艾比尼瑟和貝瑟妮趕緊退開，撤到廚房裡，可是一個令人不快的意外也在那裡等待他們。馬克杯和茶壺開始從櫥櫃裡跳出來，朝他們的腦袋飛來，用力砸向地板和牆壁。

同時，冰箱開始失控。它們的門開開闔闔，將放在裡面的東西拋向艾比尼瑟和貝瑟妮。放甜點的冰箱特別凶猛，用舒芙蕾瞄準貝瑟妮，成功將她撂倒不只一次。

「我們必須離開這裡！」她喊道，提出顯而易見的主張。

遺憾的是，鋼琴似乎洞察了貝瑟妮的想法，一路刮磨，走向前門，擋住了他們的逃生路線。甜點冰箱離開牆邊，擋住了屋裡的其他出口。

「快，扶我去起居室。」艾比尼瑟說，體力耗盡，語氣虛弱。

貝瑟妮和艾比尼瑟朝樓下的起居室蹣跚走去，每一步都遭到各種飛行馬克杯、餐具和家電用品的追擊。他們走到前室的時候，艾比尼瑟用力關上門，貝瑟妮拖來桌子和扶手椅擋住，確定門無法再被打開。

「來這裡為什麼會更好？」貝瑟妮問。

艾比尼瑟累到站不住，癱倒在沙發上，發出一聲長長的可憐呻吟。他的雙眼開始下垂。

「艾比尼瑟，現在不是打盹的時候！」貝瑟妮喊道。

「相信我，我們在這個房間真的比較安全，」艾比尼瑟說，聲音越來越微弱、乾啞，「這裡的東西幾乎都不是從怪獸的肚皮來的。大部分都是我用怪獸給的錢買的。不過，你還是必須清掉一些東西就是了。」

那些東西包括一組雪球、一張腳凳、掛在門後的晨衣、沒有花的花盆、魯多棋盤遊戲，這些東西正要開始活動，貝瑟妮趕緊把它們塞進房間後側的大儲物箱，然後鎖起來。

「好，我想都處理完了。」艾比尼瑟說。

艾比尼瑟應該想得更賣力的。因為，電視自己打開了。它掛在牆壁太高的地方，貝瑟妮搆不到，而艾比尼瑟心跳得太快，根本無法考慮站起來。

在短短幾分鐘之間，艾比尼瑟和貝瑟妮認為電視可能不會是問題。起初它只是播放卡通，關於一頂會破案的帽子和一條惡棍圍巾。

「喔，我喜歡這個卡通！」貝瑟妮說。

可是接著螢幕上的影像變成灰色模糊，帽子和圍巾之間誇張的打鬥場景換成了怪獸黑眼睛的影像，牠的眼神因暴怒而發亮。

「喔，我不喜歡這一個。」貝瑟妮說。

怪獸往後退一步，現在幾乎可以看到牠的整張臉。牠湊上前來，從螢幕裡往外瞪。

「**艾比尼瑟！你在哪裡？艾比尼瑟？我好餓餓餓餓餓！**」牠叫囂。

艾比尼瑟沒有回答，怪獸似乎無法看到電視另一邊的景象。

「**如果你敢先死，艾比尼瑟，我會殺了你！**」怪獸大喊，嗓音沙啞，然後牠不再叫喊，艾比尼瑟和貝瑟妮一時聽到了牠氣憤不耐的喘息。

貝瑟妮拿起遙控器，想轉回卡通的頻道。發現遙控器不管用之後，她試著關掉電視，但它一直不停把自己打開。

「拔掉插頭！」艾比尼瑟說。

那也不管用。怪獸在閣樓上的影像繼續留在螢幕上。怪獸又開始說話，這一次換了個策略。

「貝瑟妮……喔，貝瑟妮妮妮！」牠柔聲哄誘，「上來吧，小貝瑟妮！艾比尼瑟那個小呆瓜是不是已經死翹翹了呢？上來見我我我，我可以讓他起死回生喔。」

艾比尼瑟搖搖頭，無法相信怪獸會墮落到這個地步。

「喔，貝瑟妮，猜猜怎樣？我已經想通怎麼讓你爸媽活過來了。上來找我，我可以把這個祕密偷偷告訴你。過來聽吧，小貝瑟妮！」

艾比尼瑟更激烈的搖搖頭。

「哈囉囉囉，貝瑟妮，」怪獸以奇特高亢的語氣說，「我是你的媽咪。怪獸已經讓我活過來了，上來看我吧！天啊，怪獸真是個聰明、美妙、魅力十足、迷人非凡的……」

艾比尼瑟搖頭搖得如此用力，他擔心自己的腦袋可能會掉下來。同時，貝瑟妮在菲佐維小姐的箱子裡撈撈找找，最後找到了那個玻璃瓶裝（現在肯定臭兮兮）的牛奶。她仔細瞄準，朝著電視螢幕扔過去。

玻璃瓶整個撞碎，但也砸壞了螢幕，發臭濃稠的液體跟電路混在一起，

電視開始發出危險的滋滋響聲，迸出火花。不過，怪獸的影像繼續播放。

「喔，貝瑟妮！」怪獸嗓音渾厚，現在正努力模仿父親的語調，「來爸爸這裡！」

「你永遠不會見到她！」艾比尼瑟喊回去，雖然他知道怪獸不可能聽到，「她已經遠離這裡了！」

「好吧，小貝瑟妮，我要下來找你你你你。」

艾比尼瑟嚥嚥口水。貝瑟妮發出痛苦的尖鳴。怪獸搖搖晃晃離開他們的視線，不久之後又搖搖晃晃回來。糖漿般的汗水從牠肥胖的身軀滾落，牠一臉挫敗。

「**哼，我沒辦法走下十五層階梯，**」牠吼道，「**立刻上來這裡，貝瑟妮！**」

貝瑟妮沒有馬上上樓，反而大呼「喔耶！」，然後歡天喜地的跟皺巴巴的艾比尼瑟擊了掌。

怪獸怒不可遏。牠用力跺腳，糖漿般的汗水因怒氣而滾沸，最後化成了蒸氣。看到牠如此無助，艾比尼瑟和貝瑟妮忍不住哈哈大笑。

怪獸漾起邪惡的淺笑，開始扭動嗡鳴時，兩人的笑聲戛然停歇。

起初牠嘔出了一袋磚塊，放在自己右側，接著嘔出了大小有如小月亮的保齡球，擱在自己的左側。最後，牠吐出了一百公斤重的砝碼，擺在自己身體的正前方。現在，怪獸的四周有三樣重得不可思議的物件，壓得地板嘎吱作響。

「牠在做什麼？」貝瑟妮問。

怪獸開始上下跳動，當牠跳第三次的時候，地板不敵重壓垮掉了，怪獸和那些東西一起消失，落到十四樓的地板上。

「喔，不，拜託不要。」艾比尼瑟說。

怪獸持續嘔出更多笨重的物品，一路蹦蹦跳跳，穿過一層又一層單薄的地板。不久，只剩兩層樓就要來到貝瑟妮和艾比尼瑟身邊。

「我們完了！」艾比尼瑟說，心臟澈底不支。他緊抓胸口，倒在沙發上。貝瑟妮跑過去，想要叫醒他。她搖晃他的身體，猛拍他的臉，直到生命的最後幾刻在他臉上閃動。「真的很抱歉，」他喃喃，「都是我的錯。我當初不該帶你進這棟房子的。」

艾比尼瑟掐掐貝瑟妮的手，接著所有的生命跡象從他身上消失不見。他的呼吸停止，雙眼垮閉，皺巴巴的皮膚褪成了不討喜的灰色。

「**喔，貝瑟妮妮妮！**」怪獸突破最後一片天花板之後，在走廊上大喊，「**怪獸想說聲哈囉！**」

淚水湧出貝瑟妮的雙眼，鼻水從鼻子淌下，可是她知道自己需要什麼來結束這種狀況。她放開艾比尼瑟了無生氣的手，走到菲佐維小姐的箱子旁邊，抓起其中一支喇叭，塞進長褲後面。
她準備好跟怪獸面對面了。

20 怪獸與貝瑟妮

怪獸先用月亮大小的保齡球把門撞開，再用一百公斤的砝碼和那袋磚塊，將其他障礙物推到一旁。牠搖搖晃晃走進房裡時，讓鋼琴彈起另一條嘈雜刺耳的曲子。

「嗯！」牠說，貪婪的嗅聞空氣，「這個地方有死亡的可口氣息！」牠跟著鼻孔走，注意到那個氣味來自艾比尼瑟的新鮮屍骸。「可憐的艾比尼瑟。真是可惜，他是我過去幾千年來比較優秀的僕人之一。」

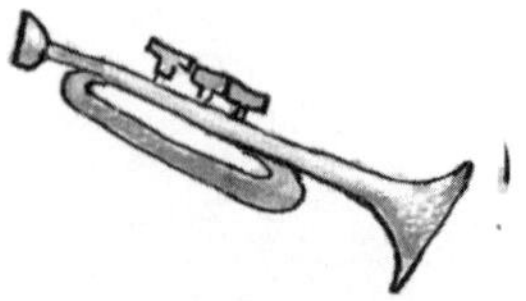

「這不是可惜，這是謀殺！」貝瑟妮說，「如果你把藥水給他，他現在還會活著。」

怪獸將注意力轉向貝瑟妮。牠看到她長得多大時，舔了舔嘴唇。「欸，欸，欸，艾比尼瑟把你養得很好，」牠用輕柔圓滑的聲音說，「你跟巨型草莓一樣圓胖多汁。」

「你看起來還是像一大坨走味的美乃滋。」貝瑟妮說。

「無知的臭小鬼！美乃滋會這樣嗎？」怪獸問。牠抖動身體，發出嗡嗚，嘔出一個地精玩偶。

「不會，我也不希望美乃滋會，這樣會澈底毀掉我的薯條，」貝瑟妮回答，「還有，如果我想要這種東西，只要跟園藝中心訂就可以了。」

「愚蠢的小孩！你寶貴的園藝中心可以送這個來嗎？」

牠抖動身體，發出嗡嗚，嘔出拇指大小的三角玻璃瓶，裡面裝著模樣奇特的藍色液體。這個景象讓貝瑟妮挑起眉毛。

「這就是生命靈藥——這個魔法藥水裡含有青春、生命、美貌、髮絲光澤所需要的維他命。它的力量如此強大，連我都控制不了，不像我能控制鋼琴或其他東西那樣。」怪獸說，沾沾自喜，接著牠停下來思索片刻。「我好奇它能不能讓艾比尼瑟活過來，畢竟要另外找人替我送餐很麻煩。」

「它有點——」貝瑟妮開口了。

「搶眼？驚人？值得讚許？」怪獸一副自鳴得意。

「不，我本來要說的是，它有點——」

「比園藝中心好？比一匙美乃滋更了不起？」

「不是！老實說，它有點……小。」貝瑟妮說。

氣氛原本就不怎麼熱絡，現在更是降了幾度。怪獸不是那種會對回饋意見有反應的生物。

「小？」怪獸問，「抱歉，你剛剛說那個能夠逆齡、重新定義生命的魔法藥水很小？」

「我是說『有點』小。」貝瑟妮說。

「我告訴你，那份藥水可以讓艾比尼瑟保持青春和美貌、維持頭髮光澤，整整一年時間！」怪獸吼道，「而且我高興製作多少，就有多少！」

怪獸扭動身子、發出嗡鳴，再次嘔吐，以便證明自己說得沒錯。結果牠嘔出另一個裝滿藍色液體的三角瓶，大小有如一整隻手。

「那一瓶所含的液體，可以讓人保持年輕美麗和頭髮光澤，整整十年！」

貝瑟妮聳聳肩，假裝無動於衷。怪獸再次嘔吐，這一回帶來了一整條手臂大小的三角瓶——大到可以容納七十年分的藥劑。

「這還比較像話。」貝瑟妮說。

既然現在藥水裝在比較大的瓶子裡，她可以看得更清楚。它帶著電流般的能量，旋轉不停，似乎擁有自己的想法。怪獸坐下來，經過那些抖動和嘔吐之後，覺得相當疲憊。

「如果想要，你可以走過來看個清楚。」怪獸說。

貝瑟妮往前跨出一步，怪獸的三隻黑眼閃動興奮的光芒。她停下來，又後退一步。

「我知道你想幹麼。」她說。

怪獸眼裡的興奮現在被煩躁所取代。

「我是想讓你把魔法藥水看得更仔細。」牠說。

「不，你是想讓我更靠近，這樣你就能吃了我。」她回答。

怪獸發出一聲滑溜的假笑，持續了太久，其中包括十七次嘻嘻嘻，十二次哈哈哈，還有兩次長長的呴呴呴。表演一結束，牠問：「吃了你？你哪裡來的想法？」

「艾比尼瑟把事情都跟我說了。」

那份煩躁被憤慨所取代。如果牠的眼睛能夠吐口水，在暴怒之下一定會這麼做。

「那個背信忘義的臭蠢蛋，真高興他死了！簡直就像那隻貓事件的重演，那個蠢蛋。」怪獸說。

「跟那隻貓才不像，我們是朋友，」貝瑟妮說，「事實上，艾比尼瑟告訴我，我是他頭一個真正的朋友。」

「什麼！」怪獸覺得被艾比尼瑟背叛了，「我送他禮物，他帶吃的給我。那不就是友誼的意義嗎？」

「友誼的意義遠遠超過那個，你這團蠢東西。是桶子清單、壓扁瑪芬三明治，是不在朋友的枕頭下放蟾蜍，是——」

「你似乎搞混了，誤以為我會在乎。」怪獸說，揮揮迷你的雙手，點心冰箱走進房間，阻止貝瑟妮逃離。那些冰箱以脅迫的姿態，將門反覆開開關關，而鋼琴奏起另一條可怕的曲子。「我要吃了你，你不管做什麼都攔不住我。」

「我不想攔住你，」貝瑟妮說，「我想跟你打個商量。」

怪獸又哈哈笑了，但這一次那些嘻嘻嘻、哈哈哈和响响响是真心的。貝瑟妮的發言逗樂了牠，牠決定讓她多活一陣子，享受聽她提議什麼的樂趣。

「我會『讓』你吃了我。但是作為回報，我要你讓艾比尼瑟活過來。」貝瑟妮說。

「你會讓我吃了你？」怪獸哈哈笑，「我都已經包圍住你了——你絕對逃不走，也攔不住我，我一定會吃掉你的。我無法保證那個藥水管不管用，我從沒用在讓人死而復生。」

「如果你不想辦法救救艾比尼瑟，我會讓你很難吃到我。我會亂跑一通，東躲西躲，跳來跳去。你和你的點心冰箱必須搖搖晃晃走得很快，才可能追得上我——會很累，而且會很混亂。你寧可一口吃掉你的頭一個孩子，享受那種美好的滋味，對吧？」

怪獸皺了皺臉，意識到貝瑟妮說得沒錯。沒有艾比尼瑟在旁邊約束她，要把她弄進肚皮裡得費很大的力氣。牠也想到，自我犧牲的味道，或許能讓這道菜餚更添迷人的風味。

「一言為定。」貝瑟妮說，「當初帶我進這棟房子的是艾比尼瑟，現在你要吃了我，就得想辦法幫他活下去，這樣才公平。」

貝瑟妮往前一站，現在距離怪獸的嘴巴只剩兩步了。牠因為興奮而鼻孔張大，濃濃的灰色口水從嘴角冒出來。

「你知道你自己提的是什麼條件嗎？」怪獸說。

「知道啊，滿清楚的。」貝瑟妮說。

「我不覺得。我想你根本搞不懂即將發生的事。」

「唔，我知道你會把我吃掉，我想差不多就這樣了吧。」

「喔，比那個更糟。我來解釋一下，」牠說，「首先呢，我會用舌頭把你拖進我的肚子，然後我會開始咀嚼。

「很難說我會先從哪裡吃起。可能是你的屁股，或是你的一根腳趾頭。只有一件事很確定——你會死得很痛苦，而且，到最後，只會剩下一堆糊糊爛爛的骨頭。現在你還想走進我嘴裡嗎？」

「我不想，」她說，又往前跨出一步，「我這樣做是因為我想救艾比尼瑟。」

聽到這番話，怪獸很高興。

「好，就這麼說定了，」怪獸說，「我會吃了你，然後如果奇蹟發生，藥水可以讓艾比尼瑟起死回生，我會讓他活下去。反正他活著對我來說更有用處。」

貝瑟妮如願以償，只剩一步就要成為怪獸的下一頓大餐。她猶豫起來。

「快啊，」怪獸說，「你拖越久，藥水越難起作用。」

貝瑟妮知道自己該做什麼，才能拯救艾比尼瑟。

她將雙手伸到背後，往前跨出一步。

「用餐愉快。」怪獸說。

怪獸將滴著口水的嘴巴大大張開。貝瑟妮將喇叭從長褲後側抽出來，往下塞進怪獸的喉嚨。她即將知道，對喇叭過敏到底是什麼意思。

隨即有了效果。怪獸想要呸吐出來，可是已經太遲。

牠的嘴巴啪的關起，三隻黑眼充滿恐懼和怒氣，鼻孔湧出蒸氣，肚子傳出巨大的翻攪聲，皮膚繃緊到快要斷裂。

接著牠越縮越小，就像一顆消了氣的氣球，不舒服的左右擺動。過了十

秒鐘，怪獸縮成了垃圾袋的大小。再過十秒鐘，大小不超過足球。鋼琴停止彈奏曲子，那些冰箱關閉電源。

這番景象令人著迷，但貝瑟妮沒時間享受，她拿起最近的那瓶藥水（小的那瓶），衝到艾比尼瑟身邊。她撐開他的嘴巴，一滴不漏的倒進他的喉嚨。

有幾分鐘時間，毫無動靜，貝瑟妮擔心自己做錯了，或者為時已晚。可是接著艾比尼瑟咳了咳，活了過來。

他咳嗽的時候，臉上的皺紋開始消失，色彩回到了他的髮絲。又多咳幾次之後，他已經強壯得足以站起來。他對貝瑟妮眨了眨眼，困惑不解。

「可是……發生什麼事了？」他問。

「喇叭加靈藥。」貝瑟妮回答，讓他更加困惑。

「怪獸呢？」他問。

「問得好。」她回答。

貝瑟妮轉身俯視怪獸，可是不見牠的蹤影。「你殺了牠嗎？」艾比尼瑟問。

「不曉得。」貝瑟妮回答。

他們走到怪獸原本端坐的地方，仔細瞅著地面。怪獸在那裡，還活著，只是現在縮成了蟲子的大小。

艾比尼瑟彎下身子，拎著牠的一隻腳，將牠拿起來。牠還是有三顆眼睛和兩根舌頭，可是一切都小不隆咚。牠正憤怒的大叫，音量小到他們都聽不見。

「現在我們要拿牠怎麼辦？」貝瑟妮問。

21 最後一餐

鳥店老闆正穿著他最嚴肅的衣裝。黑西裝搭白襯衫，加上打得鬆鬆的灰領帶。他站在收銀臺後面，旁邊有個手寫告示：「鳥類導覽待售——最合理的價格」。

「我還以為你不給人導覽？」貝瑟妮問。

「你和杜威色先生給了我靈感。打從我開始提供導覽以來，顧客紛紛湧上門來。不過，還是送不走那隻該死的麝雉。」他回答，背景有隻奇特的小

鳥正唱著美麗的歌曲。
那首歌已經連續唱了幾個鐘頭，曲調活潑愉快，讓人想用腳跟著打拍子。貝瑟妮和鳥店老闆很高興能夠聽著曲子打發時間，等艾比尼瑟將車子停好。
幾分鐘過後他走進來，模樣青春美麗，頭髮光亮無比。
「你又剪了頭髮，是吧，杜威色先生？」鳥店老闆問，「這一次看來好多了。」
「謝謝。」
艾比尼瑟注意到那個告示。「我還以為你不給人導覽？」他問。
「唔，現在有了，」鳥店老闆回答，「生意可興隆了呢。」
「你替我們導覽的時候為什麼不打扮成這樣？」貝瑟妮問。
「這不是為了導覽，」鳥店老闆說，「這是為了紀念一個非常悲傷的日子，我們今天要舉行派崔克的喪禮。」

艾比尼瑟意識到，店裡的那首美麗曲子讓他想起了派崔克。

「聽起來跟牠有點像，」艾比尼瑟說，「牠以前是不是灌錄過一張專輯……唔，在發生那件事以前？」

「不，唱歌的是克蘿黛特，牠是派崔克的表親。」鳥店老闆說，「牠今天早上來拜訪，我不得不告訴牠這個壞消息。所以遵照溫特羅島的傳統，牠立刻開始為喪禮高歌。」

艾比尼瑟探頭往店面後頭望去，看到克蘿黛特不只歌聲跟派崔克有點像——模樣也是。牠的胸膛是紫色的，鳥爪是綠色的，不過牠

矮一些，只比牠的表親稍微圓胖一點。

「那首歌對喪禮來說有點太開心了，你不覺得嗎？」貝瑟妮說。

「也許有一點，不過牠的歌喉很棒。」艾比尼瑟說。

他們三個人站著傾聽幾分鐘，音樂將他們各自帶到了腦海裡的不同地方。

鳥店老闆率先打破對話中的沉寂，因為這首曲子他已經聽了好一陣子，也因為他是生意人，不喜歡讓顧客漫無目標站在店裡。

「有沒有什麼是你們特別想要的？」他問。

「有，其實，我們在找——」艾比尼瑟開始說。

「今天是艾比尼瑟的生日，」貝瑟妮打岔，「你有沒有生日折扣？」

聽到折扣這個字眼，鳥店老闆畏縮一下。然後突然靈機一動，想到一個很棒的點子。

「我們有比折扣更棒的東西，我們會送生日禮物給最特別、最忠實的顧客！」他說。

鳥店老闆轉身往店鋪後頭走，但艾比尼瑟及時攔住了他。

「抱歉，我不想要虉雉當生日禮物，」他說，「感謝你的提議，可是我們不是來這裡買小鳥的。」

鳥店老闆轉身面對貝瑟妮和艾比尼瑟，看起來並不高興。

「杜威色先生，你明明知道這裡是鳥店，這可是你這星期第三次來店裡卻又不想要小鳥，」他說，「起初你想要一個小孩，再來想要導覽，現在又要什麼了？一間圓頂冰屋嗎？人生的意義？一頭該死的河馬？」

「如果不會太麻煩的話，我們想要一個籠子。你所有的籠子裡最堅固的那個，麻煩了。」艾比尼瑟說。

「唔，我想這倒是沒問題，」鳥店老闆咕噥，「所以是要給強壯的生物用的，是嗎？」

「世上最強壯的生物之一。」艾比尼瑟說，「就跟鬧脾氣的小象寶寶一樣強壯跟危險。」

「好。那你需要的是帕姆雷克斯籠。只要有愛亂踢亂蹬的鶴鴕進店裡，我就用這種籠子裝。」

「聽起來很棒。」艾比尼瑟說。

「注意，可不便宜。」鳥店老闆說，眼神喜孜孜。

「錢不是問題。」艾比尼瑟說。

「那是我最喜歡的五個字。」鳥店老闆說。他走到後頭，幾分鐘之後提著有金屬欄杆和超大掛鎖的大籠子回來。「你覺得如何？」

「很抱歉這麼麻煩你，可是那不是我們在找的東西，」艾比尼瑟說，「你有沒有小一點的？也許欄杆之間沒有空隙的？」

鳥店老闆哼了哼，把帕姆雷克斯籠從後面拖過來並不輕鬆。「你有那個生物的照片嗎？先弄清楚我們談的是哪種尺寸比較好。」他說。

「我們帶了那個生物來！」貝瑟妮興奮的說。她往口袋裡撈找，拿出了怪獸，依然不比手指大。

鳥店老闆並不高興。他不喜歡惡作劇，尤其事關顧客購買商品。

「杜威色先生，這對你來說可能很有趣，可是對我來說不是。我在做生意，不是經營笑話店。」他說。

「這不是笑話。這個生物是世界上最致命的生物之一。」艾比尼瑟解釋。

鳥店老闆聳聳肩，走到後面去拿另一個籠子。他判定，如果顧客想買這麼沒用的東西，抱怨也沒意義。

艾比尼瑟看著迷你怪獸，心裡還是會怕。

「怎麼了？」貝瑟妮說。

「我在想，要是藥水用完，會發生什麼事，」他說，「我知道我會忍不住再把怪獸養胖。」

「我們的藥水可以讓你撐至少八十年，我想不會有問題的。」

「可是對五百一十二歲的人來說，八十年轉眼就過去了。」

「那你就盡量把每一年都過好吧。除了我的桶子清單，我們也要開始進行『你的』清單，」她說，「我會陪在你身邊，幫忙你繼續做個好人。只要我在，就不可以再餵怪獸。」

艾比尼瑟綻放笑容，貝瑟妮也是。他們並不真的知道做個好人需要什麼，可是他們都下定決心要幫忙對方成為更好的人。

怪獸咬了貝瑟妮的手指，打斷了這一刻。

「哎喲！」她喊道，鬆手讓怪獸掉到地板上，「我流血了！」

「喔，看起來有點糟。」艾比尼瑟說。

怪獸長大了，現在的大小是更大的蟲子。鳥店老闆從店鋪後頭回來，捧著一個上頭布滿氣孔的金屬盒子，沒比火柴盒大多少。

「你有藥膏嗎？還是小ＯＫ繃？」艾比尼瑟問。

「這裡不是藥局，這裡是鳥店！我到底要告訴你該死的多少次？」鳥店老闆問。

貝瑟妮從背包抽出一張一千英鎊紙鈔，裹住手指以便止血。鳥店老闆瞪大雙眼。

艾比尼瑟拎著怪獸的一腳，將牠撿起來放在櫃臺上。他用力盯著那個火柴盒籠子許久，納悶盒子夠不夠堅固。

「確定是你最棒的一個？」艾比尼瑟問。

「就你想找的大小，對。而且用來裝蟲子絕對夠堅固。」鳥店老闆回答。

「這不是蟲子，是全宇宙最致命的生物之一！」

「唔，要裝那種東西，也夠堅固了。」

那首美麗的曲子結束了。克蘿黛特飛過來問候聽眾，就像所有溫特羅島的紫胸鸚鵡，牠禮數非常周到。

「各位好，」牠說，舉翅要跟貝瑟妮和艾比尼瑟握手，「希望我唱歌沒打攪到你們。」

「你在開玩笑嗎？好聽極了！」貝瑟妮熱情的說。

「你人真好，」克蘿黛特說，「我只希望能夠為了更開心的場合唱那首歌。是這樣的，那首歌要獻給我過世的表親。」

「喔，真抱歉。」艾比尼瑟說。

「不必這樣，牠的死不是你的錯。」克蘿黛特說。

「其實真的是我的錯，」艾比尼瑟承認，「牠在我看顧期間死了。我不是大家所謂的模範主人。我真的是……我非常抱歉。」

紫色淚水盈滿克蘿黛特的雙眼，牠用一翅抹掉淚水。

「跟我說出真相是非常勇敢的事，」克蘿黛特說，輕拍艾比尼瑟的肩膀，「謝謝你。」

「請不要謝我，我會覺得更難受。」

「沒人是完美的，而且每個人終有一死。為自己犯下的錯誤感到抱歉，記得那些失去的朋友——可是不要再做更多。花太多時間活在過去，等於浪費生命。派崔克不會希望這樣的。」

「可是——」

「不管你做了什麼，我都原諒你。如果你想緬懷派崔克，那麼你可以為這個世界帶來一些喜樂。」

這是他們所聽過最動人的小鳥演說。

「可以問你一個問題嗎？」貝瑟妮問。她沒等對方回答。「如果你為派崔克的死那麼難過，為什麼要唱那麼快樂的歌？」

「因為那首歌唱的是派崔克的鳥生，而不是牠的死亡。牠過了一個非常快樂的鳥生。」

艾比尼瑟好奇自己的人生之歌聽起來會怎樣？肯定會很長，但不保證是快樂的或有趣的。他發誓要努力改變這一點，用加倍有趣的方式度過人生接下來的八十年。

「下午有什麼計畫嗎？」克蘿黛特問，「如果沒有，我想多唱幾首關於派崔克鳥生的歌曲，牠去巡迴演出那次發生了一個特別有趣的插曲，當時牠替ABBA樂團做暖身表演，如果你們想聽聽看的話。」

天花板重建期間，艾比尼瑟和貝瑟妮暫住在孤兒院，同時取代菲佐維小姐的接班人也還沒出現。為了慶祝艾比尼瑟的生日，他們原本計劃跟所有的孩子舉辦一場盛大的午餐會。可是克蘿黛特的提議聽起來有趣得多。

「這點子太棒了，」艾比尼瑟說，「你要不要跟我們一起回孤兒院？這樣聽你唱歌的聽眾會多得多。」

「耶，我朋友傑佛瑞超迷會講話的鸚鵡！」貝瑟妮補了一句，態度熱烈。

「真棒！那我們立刻——」

克蘿黛特被自己圓圓的肚皮打斷了，牠的肚子傳來哀鳴。

「那是歌曲的開頭嗎？」艾比尼瑟問。

「不，那是飢餓的開端，」克蘿黛特回答，接著對鳥店老闆說：「你有沒有點心，還是一點吃的，可以讓我果腹？」

「沒有，我想沒有！」鳥店老闆說。他平日得付不少錢買鳥食，可沒打算免費送人。

到了這時，貝瑟妮手上的血已經止住。她將沾了血的一千英鎊紙鈔從手指上捲開，拿給鳥店老闆。

「這夠不夠給牠買點吃的？」她問。

「哎—哎—哎呀，夠！」鳥店老闆急著說。

「太好了，」克蘿黛特說，「我就從櫃臺這個點心開始好了。」

克蘿黛特朝著盒子俯衝，大口吞下怪獸，吃完以後做了個鬼臉。

「那是我吃過最怪的蟲子，」牠說，「為什麼有水煮包心菜的味道？」

「那不是蟲子。」貝瑟妮說，笑了起來。

「對，不是蟲子，」艾比尼瑟說，跟著她一起咯咯笑了一陣子，「那是全宇宙最致命的生物。」

終局……算是啦

（我的意思是下一頁還有更多）

22 怪獸和鳥店老闆

三個星期後，貝瑟妮和艾比尼瑟幫忙把鳥店老闆將寶寶平臺鋼琴抬到他店裡。他們的眉梢湧出汗水，手臂因為負重而痠疼。

「放在櫃臺旁邊好了，有客人進來的時候，我就可以彈琴迎接他們。」鳥店老闆說。

貝瑟妮和艾比尼瑟舉行了一場二手拍賣會，替孤兒院募款，鳥店老闆買了那架樂器和其他幾樣東西。拿出來拍賣的東西都是原本由怪獸嘔出來的，鳥店老闆以非常合理（而且有點荒謬）的價格——二十條蟲——跟貝瑟妮買下那架寶寶平臺鋼琴。

「還有什麼需要幫忙的嗎？」艾比尼瑟問。

「我們沒時間了，你這傻子。我們得走了。」貝瑟妮說。

「如果你需要幫忙餵鳥，或是清理籠子，或只是用撫慰的語氣跟小鳥講話——請讓我們知道，我們會很樂意過來幫忙。」艾比尼瑟對鳥店老闆說。

「我們會很樂意『不做』這樣的事！」貝瑟妮說。

貝瑟妮為他們兩人計劃了一日行善行動。艾比尼瑟一點都不興奮。

「杜威色先生，恐怕沒什麼你能幫忙的，反正你可能也都會弄錯。」鳥店老闆說，「可是我不懂你為什麼要蹚這個鬼扯行善活動的渾水。就我聽來，只是浪費精力。」

「沒錯，也很浪費時間！既然怪獸已經走了，我只剩八十年可以活。」

艾比尼瑟自怨自艾的說。

「這件事我們已經談過了。八十年已經多到爆了，我們一定要用更好的方式度過這些歲月。上車，我不要再跟你爭論這件事了。」貝瑟妮說。

貝瑟妮把艾比尼瑟拖出鳥店，上了車。鳥店老闆只剩他的那些小鳥可以作伴。

他在嶄新的鋼琴前坐下，希望自己剛剛購入的東西可以幫忙吸引顧客，並且為小鳥們帶來歡樂。

遺憾的是，這兩件事那架鋼琴都做不到。

鳥店老闆不是個天生的音樂好手，他不肯去上課，因為他覺得很浪費錢。他隔日一整天在鋼琴上發出的聲響一點都不悅耳，他的彈奏不只把客人從店裡嚇走，還惹怒了小鳥們。

那天傍晚他坐著，嘗試彈奏〈啵，黃鼠狼冒出頭〉卻失敗了，小鳥們終於以咯叫、尖呼、低鳴、啁啾、嘎叫，氣勢洶洶的表明了自己的感受。

「喔，閉嘴啦！」他對牠們大喊，「我倒是想聽你們彈〈啵，黃鼠狼冒出頭〉。這種曲子本來就很難彈得好！」

小鳥們的回應是以美麗的合音唱完整首歌。當牠們還要再唱一回時，鳥店老闆威脅不餵牠們吃東西，嚇得牠們趕緊閉嘴噤聲。

「如果你們任何一隻再多啾一聲，我就把你們全部送到貓咪收容所。」他補了一句。

他仔細傾聽十秒鐘，很高興的發現自己的威脅生效了。他啪啪折了折關節，伸展手指，正準備繼續彈奏那首歌的奇特版本時，被另一隻鳥打斷。不過，這一次不是他自己的小鳥。

克蘿黛特，那隻溫特羅島紫胸鸚鵡正用嘴喙敲著店面櫥窗。鳥店老闆嘆口氣，打開店門。他正準備叫牠滾蛋時，卻注意到三個星期以來牠的身體狀

況逐漸走下坡。牠不只掉了不少體重，原本閃閃發亮的藍眼因為缺乏睡眠而布滿血絲。

「你怎麼了？」他問，招手要牠進來。

「我完全搞不清楚！」牠說，「自從我吃了那個包心菜味的奇怪生物，就一直覺得很不舒服。艾比尼瑟和貝瑟妮在嗎？我必須問問關於那個生物的事。」

「不在，他們行善去了。」鳥店老闆回答。

「喔，可惡，我今天晚上有場演唱會，本來希望先跟他們見個面。」克蘿黛特說。

鳥店老闆可以看出牠很難受，於是心生同情。他不曾拒絕過需要他幫忙的小鳥。

「要我幫你做些檢驗嗎？」他提議，「大概半個小時左右，應該就能告訴你，你出了什麼問題。」

可是忙了半小時左右，經過一連串的X光攝影、血檢、腳爪和嘴喙檢查，鳥店老闆找不出需要治療的問題。

「怪了，」鳥店老闆說，「所有的檢驗結果都表示，你是個健康得不得了的鸚鵡。」

「可是我不覺得健康。」克蘿黛特說。

「你感覺怎樣？」

「我覺得……餓。我不懂，因為我陸續吃了不少東西。」

鳥店老闆看著克蘿黛特的肚皮。牠確實不像是吃過很多東西。他又回去看牠的臉，他發誓克蘿黛特其中一隻閃亮的藍眼一時轉成了烏黑。

「我想你必須跟艾比尼瑟和貝瑟妮談談。關於你吃掉的生物，也許他們能跟你說些我不知道的事。」他說。

「我必須找到他們，讓他們到演唱會後臺跟我會合，」克蘿黛特用奇怪的聲音說，眼裡浮現了不友善的神情，「我等不及再見到貝瑟妮。」

「一切都還好嗎？」

克蘿黛特搖搖頭，那個奇怪的嗓音和不友善的神情消失不見。「抱歉，我一時有點不舒服。不過，是的，總之我得走了。非常謝謝你的幫忙。」

鳥店老闆帶著克蘿黛特回到前門，替牠將門撐開。牠展翅飛遠，紫色身影消失在夜空中。可是門還開著的時候，怪事發生了。

鋼琴自己彈起了一首曲子，聽起來遠比〈啵，黃鼠狼冒出頭〉可怕得多。

少年天下系列 088

怪獸與貝瑟妮

作　者｜傑克・梅吉特－菲利普斯
繪　者｜伊莎貝爾・弗拉斯
譯　者｜謝靜雯

責任編輯｜李幼婷
封面設計｜蕭旭芳
內文版型｜陳珮甄
校對協力｜魏秋綢
行銷企劃｜翁郁涵

天下雜誌群創辦人｜殷允芃
董事長兼執行長｜何琦瑜
媒體暨產品事業群
總經理｜游玉雪
副總經理｜林彥傑
總編輯｜林欣靜
行銷總監｜林育菁
副總監｜李幼婷
版權主任｜何晨瑋、黃微真

出版者｜親子天下股份有限公司
地址｜台北市104建國北路一段96號4樓
電話｜(02)2509-2800　傳真｜(02)2509-2462
網址｜www.parenting.com.tw
讀者服務專線｜(02)2662-0332　週一～週五：09:00~17:30
傳真｜(02)2662-6048　客服信箱｜parenting@cw.com.tw
法律顧問｜台英國際商務法律事務所・羅明通律師
製版印刷｜中原造像股份有限公司
總經銷｜大和圖書有限公司 電話：(02)8990-2588

出版日期｜2023年12月第一版第一次印行
　　　　　2024年 7 月第一版第四次印行
定　　價｜400元
書　　號｜BKKNF081P
I S B N｜978-626-305-603-9

訂購服務
親子天下 Shopping｜shopping.parenting.com.tw
海外・大量訂購｜parenting@cw.com.tw
書香花園｜台北市建國北路二段6巷11號　電話（02）2506-1635
劃撥帳號｜50331356　親子天下股份有限公司

國家圖書館出版品預行編目資料

怪獸與貝瑟妮 / 傑克. 梅吉特 - 菲利普斯 (Jack Meggitt-Phillips) 文 ; 伊莎貝爾. 弗拉斯 (Isabelle Follath) 圖 ; 謝靜雯譯. -- 第一版. -- 臺北市 : 親子天下股份有限公司, 2023.12
288面 ;14.8X21公分. -- (少年天下 ; 88)
譯自 : The Beast and the Bethany.
ISBN 978-626-305-603-9(平裝)

873.59　　　112015774